忌印恐怖譚

# みみざんげ

我妻俊樹



竹書房文庫

# 目次

# カットバン

沢田と名乗る女性が数年前に、何人かの知人の前で語った話。

沢田はある大学に社会人枠で入学して英文学を学んでいた。周囲のほとんどは親子ほど年の離れた学生たちだが、授業の後みんなでお茶を飲みにいったり、ときには飲み会にも参加するなど彼女は遅れてきたキャンパスライフを楽しんでいた。

そんな親しくしていた学生のうちの一人、Aという女子学生にある日彼女はお茶に誘われた。

「相談に乗ってほしいことがあるんです」

Aは授業の後の廊下でそう真剣な顔で言った。沢田から見てAには他に親友と呼べそうな学生もいたようだが、年の離れた自分のほうが相談しやすいこともあるのだろう。そんなことを思いつつ快諾し、次の授業の後が空いていたので待ち合わせることにした。

だが待ち合わせ場所にはAが現れず、携帯でも連絡が取れなかった。約束をすっぽかすいい加減なタイプには見えなかったので気になったが、ほかの用事もあったので彼女はその場を離れたという。

駅の方向へ歩いていくとAの姿を見かけた。学生向けの定食屋の二階が喫茶店になっていて、その二階への階段を上ろうとしているところだった。彼女はあわてて駆け寄ろうとしたが、数歩進んだところで立ち止まった。

Aにはそのとき連れがいたのだが、その背の低い後ろ姿の女性の着ている服が、沢田がそのとき着ていたワンピースと同じに見えたのだ。そう思うと体型や髪型も自分とそっくりに思える。

ほどなくAとその女性は階段を上って姿を消した。見上げると、喫茶店は混んでいるのか窓際の席は埋まっていて、ここから二人の姿を確認するのは無理なようだ。

階段を上って後を追うか迷っていると彼女はふと視線を感じた。

見れば一階の定食屋の窓からこちらを見ている顔があったという。その顔は狐の面のように吊り上がった赤い目をしていたが、鼻も口もなく、口のあるべき位置には傷に貼るカットバンのようなものが斜めに貼られていた。

その奇妙な顔でじっと沢田のことを見つめていて、初め何の冗談かと思ったが、じっと見ているうちに頬の肉などが微妙に動いたり、瞬きをしているのでそういうマスクを被っている人ではないとわかった。

あれは本当にああいう顔なんだ。そう確信した沢田は怖くなった。Aと一緒に喫茶店に消えた女のこともあらためて恐ろしくなる。今目の前で起きていることの情報量が多すぎてとても抱えきれず、彼女は逃げるようにその場を立ち去った。


その日の夜にAからメールが来て「さっきはありがとうございました。おかげで目の前の霧が晴れて自分の進むべき方向が見えた気がします」という文面だった。

沢田はあの自分そっくりな女を思い出して怖くて返信ができず、Aからもそれきり何も連絡がなくて数日が過ぎた。その頃になって沢田はAがあの喫茶店へ消えた日から大学へ来ていないことを知った。まわりの学生たちは心配して様々な手段で連絡を取ろうとしていたが、施錠されたアパートの部屋の明かりが点けっぱなしなことに気づいた学生が裏に回って塀をよじ登り、覗き込んだ窓の奥でAがドア枠にベルトを通して首を吊っているのを発見した。

遺書は見つからなかったという。彼女が悩みを抱えているような話を聞いたことがあるという学生は一人もいなかった。

「でもたぶん、一人だけいたんだろうと思うんですよね」

最後にぽつりとそう付け加えた沢田の半袖からのびた腕は、なぜか両腕ともくすんだ色のカットバンだらけだったそうだ。

# パーティー

七、八年前の話。くわしい経緯は忘れたそうだが、その晩三千加さんは酔っ払ってタクシーで帰ってきて、何を思ったのか自宅前ではなく少し離れた公園の前に車を止めさせた。
たぶんベンチで少し涼んで酔い醒ましをしてから帰ろう、とでも思ったのだろう。ふらふらと千鳥足で公園に入り込むと、そのまま通り抜けてあまり知らない道を進んでいった。深夜の住宅街は静まり返り、自分の足音だけが大きく響く。それが珍しくてどんどん歩いていくと、いつのまにか周囲は人家がなくなってがらんとした造成中の土地のような景色がひろがっていた。

近所にこんな場所あったかなあ、と思いながらスマホで位置を確かめようと思ったがバッテリーが切れていた。しかたなくそのまま歩いていくとぽつんと一軒だけ建っている建物があった。

それがいかにも廃屋らしい崩れかけたような外見の、たしか三階建てくらいのビルなのだが、なぜか二階の窓に明かりがある。そこにちらちらと人影が見えて、その人たちが手に飲み物を持っているのがわかった。

パーティーだ！　そう思った三千加さんは思わずビルの玄関を探し、階段を上っていった。該当する部屋はドアを開けっぱなしにしていたのですぐにわかったという。こんな寂しい場所に、自分以外にも酔っ払っている人たちがいる、そう思うとうれしくて三千加さんは躊躇なく部屋に飛び込んでしまった。


するとかなり広い部屋は外から見た印象より暗い照明で、どれくらい人がいるのかわからないが、たぶん数十人はいるはずだと三千加さんは感じた。服装もカジュアルな人からドレスアップした人まで様々だが、彼女に向けてくる顔はみな笑顔で、三千加さんは歓迎されていると感じたという。

いつのまにか持たされていたグラスの飲み物を飲みながら、三千加さんはふらふらと部屋の中を歩いた。飲み物はアルコールのはずだが妙に甘い。だが酔いはさらに回っていって、近くにあった奇妙な形の椅子（将棋の駒に似ていた）に腰を下ろした彼女はふと、部屋にいる人々がさっきからひと言も声を発していないことに気づく。

三千加さんとの間に会話がないだけでなく、元からいた人たちどうしでも一切喋っていないようなのだ。

部屋がざわざわと騒々しいのはうっすらと流れる八十年代っぽいポップスと、足音や衣擦れや食器の立てる音などで、人の話し声が全然ないのである。急に気味が悪くなった三千加さんは部屋を出ようと思ったが出口がわからない。ふらつく足で部屋をよこぎっていくと、周囲の人影がにわかに減り始めたのがわかった。みんな帰ろうとしてるんだ、そう思った彼女は誰かの後をついていこうとするが、いざ目を向けるとみなその場にじっとしていて動かない。それなのに人の数はどんどん減っていって、気がつくと三千加さんは一人になっていた。

そこでようやく部屋には剥き出しの壁や床の他に何もなく、照明もないことに気がついた。ぽっかりと口を開けた出口の存在にも同時に気がついて、彼女はなぜかそれだけは消えずに残っていたグラスを床に置くと、あわてて外に飛び出していった。

後日そのビルを探してみたが三千加さんは建物もその周囲に広がっていた造成中の土地も、どうしても見つけ出すことができなかったという。

だが〈パーティー〉の会場で飲んだ酒の甘ったるさは今も口に残っているし、時々無性に飲みたくなるときがある。酒はランプの灯のように黄色く光っていたそうだ。

# ランドセル

　真由さんは都心の会社に勤務していて、通勤はバイクで一時間ほどかかる。

　仕事が終わって夜道を走っていると、ある交差点で右折待ちしているトラックの荷台が気になったという。何か資材が積まれているらしい山の上に、子供が一人腰かけているように見えたのだ。

　もしかして荷台にのぼってイタズラしているうちに発車してしまい、降りられなくなった子供だろうか？　そう思って減速しながらよく観察しようとしたが、今度はどこにもそんな人影は見当たらない。気のせいだったのかなと訝《いぶか》りつつ、真由さんはトラックを追い抜いて交差点を渡っていった。

しばらくして別の交差点で右折待ちのトラックを追い越そうとしたとき、真由さんは目を疑った。積荷の上にまた子供が座っているのが見えたのだ。今度は背中にしょっているランドセルのシルエットまではっきりわかった。

一瞬さっきのトラックにいつのまにか追いつかれたのかと思ったが、どうやら型式が違うようだ。真由さんは子供から目を離さないようにゆっくり接近していった。だがもう少しで子供の顔がわかりそうな距離になったところでふっとその姿が消えた。反射的に路上を見たが倒れている人影は見当たらない。

ジャケットの下で腕や背中に鳥肌が広がるのを感じながら、真由さんは速度を上げてトラックを追い抜いていった。

この晩の真由さんは結局、帰宅までの道中に合計六台の右折待ちトラックの荷台に腰かける子供を目撃した。

「いつもの帰り道なら右折待ちのトラックなんてめったに会わないんですよ。その点からしてそもそもおかしかったんです」

途中からは人影を視界に入れないようトラックを見るたび目をそらしたが、なぜかランドセルの肩ベルトが片方ちぎれて揺れていることまで、はっきりわかってしまったそうだ。

# ヒロエおばさん

幼い頃、芙美さんはヒロエおばさんの家が大好きだったという。おばさんの家は古墳のような形をした丘の上にあり、バス停から急な坂道を上って訪ねていくのだ。芙美さんは母親に手を引かれてその坂を何度も上ったものだった。父親と行ったという記憶はないから、おばさんは母親の親戚だったのだろう。

丘の上にあるおばさんの家は、まわりを低い生垣に囲まれていた。近づくと犬の吠え声が聞こえてきて、玄関の引き戸を開けたとたん、飛びついてきたリリーという名の雌のプードルに芙美さんはいつも顔じゅうを舐められた。

決まって彼女たちを出迎えてくれるのはリリーで、おばさんは奥の部屋で編み物をしたり、料理をつくったり、本を読んだりしていて、芙美さんたちの挨拶に「いらっしゃい」という返事が聞こえるだけでその姿は見えない。

だから勝手に家に上がり込んで、あちこち部屋を覗いておばさんを探すのがこの家に来て芙美さんたちがいつも最初にすることだった。

おばさんの家は趣味のいい家具や敷物、花瓶の花などに飾られて外国の絵本の中にいるようだった。ここにいると芙美さんは足の裏が床から数センチ浮いているような不思議な気分になる。廊下の板はいつも磨きたてのように光っていて、庭ではさまざまな鳥の声が混じって複雑な音楽を奏でている。

足元にじゃれつきながらついてくるリリーとともに、芙美さんと母親は家の奥へと進んでいく。

どういうわけか、このとき芙美さんはヒロエおばさんの顔や姿を思い浮かべることができなかった。というより、おばさんの顔はいつも塗りつぶされた写真のように記憶から消えてしまっていて、どうしても思い出すことができなかった。

そのくせ会えばすぐに「ヒロエおばさんだ！」とわかるのだ。

家の中でおばさんの姿を見つけると、暗かった部屋に明かりが灯ったようにヒロエおばさんの優しい笑顔が胸に飛び込んできて、芙美さんはなぜか泣きたいほど嬉しい気持ちになった。

なのにおばさんの家を一歩出るとふたたび記憶が怪しくなってきて、帰り道を半分も過ぎた頃にはもうおばさんの面影は「黒塗りの写真」にもどってしまっているのだった。

九歳のとき、放火が原因とみられる火災で自宅が全焼し、芙美さんは一晩のうちに両親をともに失った。立ち込める煙の中、子供部屋のベッドで寝ているところを消防士に救出されたはずの芙美さんはこの火事のことをまったく覚えていない。

その後の彼女は祖父母の住むマンションに引き取られて暮らすようになった。父親の両親である彼らはヒロエおばさんのことを知らなかった。それだけでなく、芙美さんがヒロエおばさんのことを話すと決まって嫌な顔をしたので、彼女はヒロエおばさんの名前を一切口に出さなくなった。

だが誰にも話さず胸に秘めているほどに、ヒロエおばさんの家は芙美さんにとって夢の城のような輝きを帯びてきたのである。あの家にもう一度行きたい。そしておばさんの優しい笑顔に会いたいと、彼女はひそかに思いを募らせた。

そしてとうとう中一の夏休みに、芙美さんは一人でヒロエおばさんの家を訪ねることを決心したのだ。

祖父母には以前住んでいた町の友達の家に遊びに行くと言って家を出た。それからひとまず芙美さんは、焼失したかつての自宅のあった場所を訪れた。そこには見知らぬ新しい家が建っていて、しばし歩道に立ち尽くしている芙美さんを庭で水遊びする幼稚園児くらいの女の子が不審そうに見つめていた。

ここからヒロエおばさんの家までは、いくつかバスを乗り継いだことを覚えている。電車は使わなかったはずだ。そう思って最寄りのバス停まで歩いていき、表示を見るとそこから出ているバスの行先は一つしかないことがわかった。とにかく乗ってしまえばどうにかなる、と芙美さんはなぜか強く信じ込んでいたという。どこでバスを降りるべきなのか、次にどのバスに乗り換え、どこで降りて……それらはすべて体が覚えているはず。

やがてバスが到着して、乗り込んだ芙美さんは最後列の座席に座って窓の外を見た。

生まれてから九年間暮らしたのに、どこかよそよそしくて冷たい町。次々と停留所名がアナウンスされ、芙美さんは聞き逃すまいと耳を澄ませた。けれど、どのバス停名を聞いても何も思い出せないまま終点になってしまい、彼女はバスを降りた。

そこからは折り返しのバスのほかに、いくつか別の行先の便も出ているようだった。だがどの行先名を見ても芙美さんの心はまるで反応しなかった。こんなはずはないのにと次第に焦りが募ってくる。やがて焦りは諦めにかわり、芙美さんは手近なベンチに座って気が抜けたように空を眺めた。

いつのまにか芙美さんは眠っていたようだ。ヒロエおばさんの家にたどり着く夢を見た気がするが、よく覚えていない。それほど眠ったつもりはないのに気がつくと夕方だった。マンションに帰りついたときには夜で、祖父はテレビで野球中継を見ていた。祖母の姿が見えないので「おばあちゃんは?」と訊ねると昼間から出かけていて帰ってこないという。そのまま夕飯の時間になっても帰らず、心配していると電話が鳴った。

祖父が出て、何やら言い争うようなやりとりがあったのち芙美さんに受話器が差し出された。

「おばあちゃんからだ、出なさい」

驚いて芙美さんが電話に出ると受話器のむこうから、

『どうして来てくれなかったの……』

低くため息をつくような声が響いた。その背後では激しく犬が吠えている。たしかに祖母の声だが、こんな甘えたような話し方をする祖母は初めてだった。それにいったい何のことを言っているのかわからない。

「なあに？　どうしたのおばあちゃん？」

芙美さんが訊き返したときには電話は切れてしまっていたという。


その日以来祖母は自宅に帰ってくることはなく、行方不明のままである。かなり年下に見える男と地元の神社の境内を歩いていたという目撃情報があったようだが、本人かどうかは確認されていない。

祖母の失踪後、下戸同然だった祖父は酒に溺れるようになり、二年後に泥酔してマンションの階段で転落して頭部を打ち半年間意識不明ののち亡くなった。

それから三十年が過ぎた今も芙美さんは同じマンションに住んでいるが、祖父が転落した階段に幽霊が出るという噂が、近所の子供たちの間に広まっていることを知っている。

祖父の死など知るはずもない子供たちに目撃されているのは老人の幽霊だった。

その幽霊はなぜかプードルを連れているのだという。

動物嫌いだった芙美さんの祖父は生前、犬を飼っていたことはたぶん一度もないはずである。

# 血まみれ入道

友作さんの母親の生家の土蔵には、坊主頭の化け物が出るという言い伝えがあったという。

しかもその化け物は顔も手足も装束も血で真っ赤に染まっており、それはそれは恐ろしい姿なのだそうだ。

土蔵に化け物が出る由来は不明で、現れるとき強烈な獣の臭いがするので狐狸が化けたものではないかとも言われていた。

母親が十歳のときに祖父母は離婚しており、そのとき彼女は祖母とともに生家を離れている。だから母親がその家で暮らしたのは生まれてからの十年間だけだが、その十年で血まみれの入道を少なくとも六回は見たそうだ。

ただ見るたびに入道の姿は小さくなっていった。最初は土蔵の梁越しに見下ろしてくるほどの大入道だったのが、最後に見たときは母親とたいして背丈が変わらなくなっており「血まみれ小坊主」といった程度だったと彼女は語る。

化け物がさらにそれ以上小さくなっていったのかは、生家との縁が切れてしまったのでわからないという話だった。

土蔵じたいはどうやら二十年くらい前までは残っていたようである。

# 坂の空き地

四十代の会社員、美登里さんが小学生だったときの話である。

彼女の通っていた学校は小高い丘のてっぺんにあり、自宅はその丘の麓だったので通学路のほとんどは坂道だった。

その長い坂をほぼ上りきったところに小さな空き地があったという。元は家でも建っていたのか、林がそこだけ四角く切り取られたようになっている土地は日当たりが悪く、昼間でも薄暗くて地面が湿っている感じがした。

ある日の学校帰りにその空き地の横を通りかかった美登里さんは、誰かに「なあ」と声をかけられたような気がして立ち止まった。

だが声がしたと思った空き地のほうに目をやっても誰もいないし、坂の前後を見ても遠くに下級生の集団が見えるだけだ。そして聞こえたのはたしか大人の男性の声だったのだ。

そのとき通学路に最近痴漢が出没したという噂があるのを思い出した美登里さんは、怖くなって足早に坂を下ろうとした。だが声の主がすぐ近くにいるかもと思うと足が竦んでしまったのか、普通に歩くことさえできずもたもたとその場で足踏みするような格好になった。焦るとますます足がもつれ、転びそうになるので立っているだけで精一杯の状態だ。

「なあ、あのさあ」

今度はすぐ耳元で声が聞こえた。

振り向くと、地面の土と同じ色をした顔が何も表情のない目で美登里さんを見ていた。

彼女が短い悲鳴を上げると、顔はすっと離れて男の全身が視界に入った。ジャージのようなものを着ているが顔だけでなく服もそこから出ている手足も全部が土の色だった。

男がまたすっと遠ざかって空き地の真ん中に立った。そして美登里さんを見つめたまま顔の位置がどんどん低くなっていって、やがて地面から土色の顔だけが直接生えている状態になったという。

「なあ、たのむよ」

首だけの男がそう言った。

「気がついたら同じクラスのチホちゃんって子に心配そうに顔を覗かれて『大丈夫？先生かお母さん呼んできてあげようか？』って訊かれてました。私は空き地に一人で倒れてて、びっくりしてチホちゃんが駆け寄ったらずっと譫言《うわごと》みたいにつぶやいてたそうなんです」

ごめんなさいむりです、ごめんなさいと白目をむいてくり返す美登里さんは地面に仰向けに倒れて「気をつけ」のように体をピンと硬直させていたらしい。

ただ遠くから最初にチホちゃんの目に入ったときは、地面から美登里さんの首が直接生えているように見えたそうだ。

# 姿見

芳江さんの実家にある姿見は、曾祖母が若い頃手に入れたものらしい。

「旅行好きだった曾祖母が海外で購入したらしいんです。でもくわしいことはなぜか祖父母も聞いてないみたいで……」

姿見は祖父母の部屋に置かれていた。鏡のまわりの装飾は恐らく植物をかたどっていたのだと思うが、芳江さんには無数のカタツムリが身を寄せ合っているようにしか見えなかったという。

「だから古さも相俟《あいま》って、気味の悪い鏡だなと思ってたんですよ。その姿見のせいでカタツムリのことも嫌いになっちゃったほどです」

だが、怖いもの見たさという気持ちもあった。

芳江さんは時々祖父母の部屋に行って、姿見の前に立ってみることがあったのだ。

だが周囲の家具などが邪魔になって、鏡に全身を映せるような場所に立つことはできなかった。小さかった彼女でもしゃがまないと顔が見切れてしまうのである。

ある日芳江さんはいつものように祖父母の部屋にやってきた。そして姿見の前に立ったところ、彼女の隣にもう一人子供が立っていた。

芳江さん同様、その子も肩から上が見切れているので顔はわからない。黄色い可愛らしいワンピースを着た女の子のようだ。

驚いて横を見たけれど誰もいなかった。

錯覚かと思って姿見に目を向けると、やはりワンピースを着た子が映っている。

「怖いという印象はあまりなかったんですよ。たぶん自分やまわりの子が着てる服とデザインとか質感が全然違ってたから、映画の衣装みたいで現実味がなかったんだと思います」

しばらく鏡の中をじっと見ていた彼女はふと、

「このことをおばあちゃんたちにも教えよう」

そう思って部屋を飛び出すと、台所で洗い物をしていた祖母の手を取って無理やり部屋まで連れてきた。

だが姿見の前に立つと、もうさっきのワンピースの子の姿は見当たらなかった。

「祖母には『古い鏡だからそんなこともあるかもねえ』なんて言われたけど、あきらかに本気にしてない口調でした。だから今度あの女の子が映ったら絶対すぐに見せようと思って」

それから芳江さんは祖父母の部屋に入り浸るようになった。

「でもほっといたら祖母はリビングで祖父と一緒にテレビ見てるんですよ。女の子が映ってから呼びにいったんじゃ、また間に合わないなと思って」

芳江さんは祖母を部屋に引っ張ってきて横に座らせ、自分はじっと姿見を見張っていたという。

することがなくて手持無沙汰の祖母は、縫い物や編み物をしながらいろんな昔の話をしてくれた。

「その姿見のことも少し話してくれました。曾祖母は若くして亡くなってるから、祖母がこの家に来たときはもういなくて、姿見だけが遺されてたんだそうです。でも祖母はあまりおしゃれする人じゃないので、置いてあるだけでほとんど使わなかったみたいでしたね」

一ヶ月ほどそんなことが続いたが、いっこうに女の子が映らないのでしだいに芳江さんも飽きてしまった。

気がつくと姿見を見張る習慣は途絶えて、芳江さんは子供部屋で本を読むようになり、祖母は以前のようにリビングで祖父とテレビを見て過ごすようになった。

そして芳江さんが中学生になって間もない頃、自宅に空き巣が入った。

家族みんなで温泉旅行に出かけていた晩のことで、家じゅうがひどく荒らされていたが失くなっていると確認できたのは例の姿見だけだったという。

「そのことは両親も祖父母も残念とかショックっていうより、しきりに不思議がったり気味悪がったりしてましたね」

いったい泥棒はどんな理由があって、あんなに嵩張《かさば》る古い姿見だけを持ち出したのだろう？　骨董的な価値があるものとでも思ったのだろうか？

大人たちがそんなことを話すのを横で聞きながら、芳江さんはひそかに、

「黄色いワンピースの子が何十年ぶりかでこの家の外に出たくなって、誰かを唆《そそのか》し

て姿見を盗ませたのだろう」
と思っていたそうだ。

# 子連れ

まだ新宿に都庁ができる前の話。

数恵さんは新宿駅近くにあった某酒場でバイトしていたとき、よく客として訪れる男性芸能人のことが気になっていた。

といってもファンだったり格好いいなと思っていたりしていたのではなく、その芸能人がいつも十歳くらいの男の子を連れて店に入ってくるのが気になって、つい見てしまうのである。

飲み屋に子供がいるというだけで目立つが、ましてテレビにも出ている芸能人だし、少なくともその人に子供がいるという話は公にはなっていなかった。数恵さんは厨房にいたので子供の顔を間近に見てはおらず、その子が男性芸能人と似ているかはよくわからなかった。ただ親子にしては態度がよそよそしいというか、互いにそっぽを向いたまま一緒に入ってくるという印象だった。

そして子供のほうだけいつも途中でいなくなっており、帰るときは男性芸能人は一人で店を出ていくのである。

仕事がいつも目が回るほど忙しかったのと、他の店員とあまり打ち解けていなかったため数恵さんはその子供のことを誰かと話題にしたことはなかった。

数恵さんがバイトを始めて四か月ほど後、しばらく男性芸能人の姿を見ないと思っていたら、ある日新聞やテレビでいっせいにその人の訃報が伝えられた。

まだ五十歳にもならない若さだったが長年に渡って闘病しながら仕事を続けていたようだ。

そのときは他の店員たちもその人の急逝に驚いてしきりに話題にしていたが、なぜか彼がいつも連れていた男の子の話は誰からも出なかった。

その少し前から薄々変だなと気づいていた数恵さんは、その場で自分から子供の話をするのをためらった。

そして訃報から一週間ほどたった晩、常連客の爺さんの後ろについてその男の子が店に入ってくるところを数恵さんは見た。

男の子はしばらく爺さんの周囲をうろついているように見えたが、やはりいつのまにか姿を消していて爺さんは一人で帰っていったようだ。

「××さん、なんか今日具合悪そうだったなあ。油粘土みたいな顔色してたよ」

閉店後に他の店員が爺さんのことをそう噂しているのを聞いた数恵さんは、それからまもなくバイトを辞めたそうである。

# 若い男

　令次さんは十年近く前、行きつけのバーで飲んでいたら知らない客に話しかけられた。

「おにいさん、×××とつきあってるんですよね？」

　その若い男はいかにも作り笑いっぽい顔でそう言った。×××というのは令次さんが何年も前に別れている女の名前だ。だがそんなくわしい事情を話す必要はないと思い、男の不躾さに腹も立っていたのでひと言、

「つきあってないですよ」

　と令次さんは答えた。若い男は驚いたような顔をしたが、その後もしつこく×××の話題を持ちかけては令次さんの反応を探るような真似をする。令次さんは苛々したが店の雰囲気を悪くしたくなかったので適当にあしらい、それでも食い下がってくる男をやがてマスターが気づいて軽く諌めてくれた。

気がつくと店からその男はいなくなっていたので、令次さんはマスターに男のことを訊こうとしたが、

「あの人って知り合いなんですか?」

マスターから逆にそう質問されてしまったという。どうやら店に来たのは今夜が初めてだし、他の客の連れでもないようだ。

×××とつきあっていた当時まだ令次さんはそのバーの客ではなかった。だから一緒に店に来たことはないしマスターも×××のことは知らない。ここで話題にしたことも一度もないはずだ。つまりあの男はあきらかに令次さんをあらかじめ待ち伏せするために店に来ていたのだし、恐らく×××に現在執着しているストーカーような奴で、今も令次さんが×××とつきあっていると、どういうわけか信じ込んでいるのだろう。

そこまでマスターと一緒に推理をして、すっかり嫌な気分になってしまった令次さんはまだ時間も早いので河岸を変えようと思って店を出た。

「今度またあの客が来たら教えますよー」

そうマスターには言われたが、当分ここに来る気にはなれないなと令次さんは思っていたそうだ。

×××本人にはこのことを教えてあげたほうがいいだろうか。そう思ったが、令次さんは×××とはあまりいい別れ方をしておらず、現在の連絡先も知らない。調べればわかるかもしれないが、ここは共通の知人からそれとなく伝えてもらうのがよさそうだなと思ったという。あの男のしつこくねちっこい様子を思い出すに、何もしないで放っておいて事件でも起こされた日には後々寝覚めが悪い思いをすることになるだろう。

そこで古い知り合いであるSという女に連絡を取ってみると、Sも×××の近況は知らないという話だった。だが知っていそうな人と連絡を取ってみるというので任せて、しばらく待ってみたが音沙汰なくそのまま令次さんもこのことを忘れてしまった。

そしてごく最近のことだが、あれ以来すっかり足の遠ざかっていた例のバーを、令次さんはふと思い立って約十年ぶりに訪れてみたそうだ。

するとと店の名前はまったく同じだが店主が女性に代わっていて、その人は前のマスターのことは間接的にしか知らないという話だった。マスターが体を壊して店を畳もうとしていたところを、間にいろいろ人が入って彼女が引き継ぐことになったらしい。店内にはどうやら知っている常連客の姿も見当たらなかった。内装がほぼ同じなのにすっかり雰囲気の違うその店にとまどって、すぐに出ようと水割りを呷っていると奥のほうで飲んでいたらしい客がこちらに近づいてきた。

「結局、おにいさん本当は×××とつきあってるんですよね？」

そう声がしたのではっとして顔を上げるとあの晩の若い男が立っていたという。

男は令次さんの隣のスツールに腰かけ、まるで数年前の晩の話がずっと続いていたかのような口調で×××のことをぺらぺらと話し始めた。そのあまりにも自然というか、当然のような態度に何が起きているか理解できず、固まっている令次さんをまるで気にする様子もなく男は×××の名前を連呼していた。

見れば妙に派手な色のチョッキや水玉のネクタイなど、着ている服もあの晩と寸分たがわず同じように思える。

あわてて財布を取り出すと一万円札しかなかったのでそれをカウンターに置いて、

令次さんは釣りをもらう暇もなくそのまま店から飛び出した。

後で思い返すと、男の外見で以前と違うところがひとつだけあったという。席を立った令次さんに向けて乾杯のようにグラスを持ち上げた男の右手の甲にタトゥーが見えた。それはたしか最初に会った日にはなかったものだ。

そしてそれは数字のタトゥーだったという。090から始まる数字が一瞬で令次さんの目に焼き付いてしまっていた。なぜなのかはすぐに気がついた。その十一桁の数字は×××が昔使っていた携帯電話の番号だったのだ。

とっくに×××の携帯でなくなっていることは知っている。令次さんと別れて間もなく彼女は番号を変えたのだ。

令次さんは次の店で足元がふらつくほど飲んだ後でタクシーに乗り、車中でふと思いついてその番号に電話をかけてみた。

だが呼び出し音がずっと鳴り続けているだけで誰も出ない。何度かけ直してもそれは同じだった。あきらめて携帯をしまうと運転手が「こんなこと言ったらお客さん気悪くするかもしれないけど、おれ、わかっちゃうほうなんだよね」と言った。

「何がですか」と令次さんが問い返すと、

「おれ親父が坊主だからさ、いろいろ勘がいいんだよね。その電話の相手、もう亡くなってるんじゃないですか？」

運転手がそう言ったので令次さんはぞっとしてルームミラーに目を向けた。

笑っているように見える初老の男は独り言のようにくり返した。

「おれそういうの、わかっちゃうほうなんだよね」

令次さんはなぜか何も言い返せずにうつむいて車に揺られ続けた。

×××の消息は今も知らないままだそうだ。

# 心霊コース

イラストレーターをしている史代さんの話。

高校の部活の後輩でハルちゃんって子がいるんですけど。そのハルちゃんが車好きで、よく仕事の後とか深夜でも郊外の方ぐるっとドライブしてきちゃうような子なんですね。

私も帰郷したとき乗せてもらうことあるけど、お気に入りのコースがいくつかあるみたいで、

「海コースと山コース、それから川コースと廃墟コースのどれがいい？」

なんて訊かれるんですよね。

私は海コースと山コースは連れてってもらったことあるんですけど。

廃墟コースっていうのは別名「心霊コース」だってハルちゃんは言うんですね。つまりそのコースでいくつか回る廃墟にはそれぞれ幽霊が出るっていう噂があって。途中抜けていくトンネルも地元では心霊スポットとしてわりと知られてる所なんですよ。そんな場所ばっかり深夜、女の子一人で出かけてやばくない？　お化けがどうっていう話以前に、変な人たちに声かけられたりしない？　って私は訊いたんだけど、

「別に。だって車から降りて潜入するわけじゃないし、ただ前を通るだけだから」

ってハルちゃんは平気な顔だったんですよね。

去年の夏のことらしいんですけど。

ハルちゃんは仕事でだいぶ疲れてて、その晩は真っすぐ家に帰るつもりだったらしいんです。

それで車を飛ばしてたら、途中に夜間工事中で迂回路になってるところがあって。

その迂回していく道が、廃墟コースで回る最初の廃墟がある方向だったんですね。

ハルちゃんはそのときはただ「いつも行く道だな」って思いながら曲がったんだけど、はっと気づいたらコースの中でも三番目の廃墟にあたる〈スナックアパート〉——

一階にスナックが入ってるアパートの廃墟なんでそう呼んでたみたいです――の前で車停めて、ぼんやりカーラジオの音楽に聞き入ってたんだそうです。

無意識のうちにいつもの癖でコースを回り始めちゃったんだな、って彼女は思ったんだけど、最初と二番目の廃墟を通過したことは全然記憶になくて。しかもいつもなら廃墟の前で車停めたり絶対しないのに、時計見ると二時近かったからどうも三時間以上そこでラジオ聞いたままぼーっとしてた計算になるんですね。

なんかやばいな、疲れてるにも程があるなと思って、ハルちゃんはあわてて車の向きを変えて家に引き返すことにしたんです。

ちなみに〈スナックアパート〉に出るって言われてるのはそこで自殺したホステスの幽霊らしいです。外階段の手すりにロープかけてぶら下がったっていう話で。ほんとかどうか知らないけど、客の男との不倫関係のもつれが原因だって言われてて。

偶然だろうけど、そのときラジオから流れてたド演歌がちょうど「奥さんのいる人を恋い慕う日陰の身の女」みたいな歌詞だって気づいて、気味が悪かったからすぐに消したって言ってました。

なんとなく他の廃墟の前も通りたくなかったから、ハルちゃんはコースを逆走するんじゃなくて違う道で帰ろうと思って、カーナビで確かめながらよく知らない道を走ったそうです。

それでようやく元の道っていうか、ちょうど工事中だった部分を挟んだ反対側、迂回路から合流するところへもどってきたらしいんですね。

そしたら工事現場には誘導する警備員の人が立ってるじゃないですか？　その場所にも光る赤い棒持ったおじさんがいたんだけど、その人がなんだか変だったらしいです。

棒をぐいぐい前に突き出して「来た道に引き返せ」っていう感じの動きをするんだけど、他に車もないのにそんなことされる意味もわからないし、そのときおじさんの顔がイッちゃったような満面の笑顔で、しかも声出してげらげら笑ってるのまで聞こえてきたんだそうです。

だからハルちゃんは無視してそのままおじさんの脇腹すれすれに車を突っ込んでいって、案の定がらがらの道だったんでそのままスピード出して家に帰ったって言ってました。

でも家に着いて時計見たらまだ零時前だったらしいんですよね。

そんなはずないと思って調べたら車の時計もスマホも同じくまだ零時前で。進んでたわけじゃないからどうして廃墟で見たとき二時近かったのかわからなくて。

そもそも家に零時前に着くってことは、まったく寄り道せず職場からまっすぐ帰ってなきゃおかしいんだっていうのがハルちゃんの主張なんです。だから廃墟コースを途中まで走ってそこから引き返すのにかかったはずの時間が、丸々どっかに消えちゃった感じで。

わけがわかんなくて眠れないでいたらいつのまにか本当に二時近くになってたので、ハッとしてアプリ起動してラジオ聞いてみたら、地元の局からさっき聞いたのと同じ不倫のド演歌が流れてきたそうです。

「これってどういうことなんだろう？　あたしタイムスリップしたことになるのかな？」

ハルちゃんはそう言って首かしげてたんですけど。

私に訊かれてもわからないよ、って答えました。

# 人違い

薬剤師の恵一さんはここ七、八年ほどの間よく人違いをされるという。

「アサイさん！」

町を歩いているとたびたびそう声をかけられるのだ。

だが恵一さんの苗字はアサイではないし、話しかけてきたのも全然知らない人だ。

「コウジさんですよね？」

「コウちゃんひさしぶりー、元気だった？」

そんなふうになれなれしく声をかけられることもあった。

つまり恵一さんはどうやら「アサイコウジ」という人物に間違えられているのだとわかる。

人違いであることを丁寧に説明したうえで、

「そんなに似てましたか？」

声をかけてきた人にそう訊ねてみたことも何度かあった。

相手の返事と反応から判断するに、どうやら瓜二つと言っていいほどらしい。何しろそんなやりとりをしている最中も相手はまだ、恵一さんが本当は「アサイコウジ」本人なのに惚《とぼ》けられてるのでは？　と疑っているようなそぶりを見せるのだ。

どこかでお茶でも飲みながらくわしい話を聞きたい気がしたが、素性もわからない通りすがりの他人をお茶に誘うのはやはり気が引ける。

結局「アサイコウジ」というのがいったいどんな人なのかわからないまま、恵一さんは間違われ続けていた。

「アサイコウジ」はよほど知り合いの多い社交的な人なのだろう。それに恵一さんとはきっと顔立ちだけではなく、髪型や服装なども似ているに違いない。

そう思ったので恵一さんは意識して髪型を変えてみたり、服の趣味もがらっと一新してイメージチェンジを試みたこともあった。

けれどなぜか人違いされる頻度はちっとも変わらなかったそうだ。

依然としていろんな場所で彼は「アサイコウジ」と間違われ続けた。

職場近くの繁華街や駅の雑踏で間違われたことがあったし、自宅の最寄りのスーパーで声をかけられたこともあった。

あるいは自宅から何百キロも離れた旅行先の、観光船の中で呼び止められたこともあるという。

一度は取引先へ移動しているタクシーの中で間違えられた。

「……アサイくん？」

赤信号で停車中に、初老の運転手が振り返ってそう訊ねてきたのだ。

このときはまたとないチャンスだと思い、恵一さんは自分が「アサイコウジ」によく間違えられることを話して、その人物について詳細な情報を聞きだそうとした。

ところが運転手はなぜか慌てたように言葉を濁して何も教えてくれようとしなかった。

しまいには、

「アサイくんがここにいるわけなかったんです。申し訳ありませんでした！」

そう土下座する勢いで謝られてしまい、恵一さんは何も言えなくなってしまった。

このときからうっすらと、

「アサイコウジって、もしかしてすでに亡くなっている人なのでは？」

そんな疑いが恵一さんの心には芽生えているという。

考えてみたら、人違いして話しかけてきた人たちの多くも、どこかこの世の人でないような儚い雰囲気を持っていたように思える。

その人たちの顔を思い出そうとすると、なぜか目の辺りがモザイクでもかけたようにぼやけてしまうのだ。

# 葬式の映像

以前、春臣さんは祖父が見たいというテレビドラマを録画した後ＤＶＤに焼いて送ってあげたことがあった。放送日に検査で入院することになっていた祖父の家には再生専用のプレイヤーしかなかったからだ。

祖父からお礼の電話が来たとき、

「途中何秒間か関係ないお葬式の映像が混じってたけど、あれは放送局のミスかな」

そんなことを言われたそうだ。

祖父によればドラマの中盤辺りで突然映像が切り替わり、喪服姿の人たちがずらっと並んで椅子に座っている映像が流れた。臨時ニュースでも始まったのかなと思ったら、数秒後に何事もなかったかのようにドラマにもどってしまい、最後までお詫びのテロップなども出なかったという。

だが春臣さんはすでに元データを消去してしまっていたし、もし放送中にそんなことがあれば大騒ぎになっていそうだがネットにもそれらしい話題は見当たらなかった。

ただ一件だけその日のドラマについて、

「今回は見てる間じゅう、この中の誰かが死ぬような気がしてならなかった」

そんなことを書いている感想が見つかったので、気になって春臣さんは祖父に「レコーダーの故障かどうか調べたいから」と言ってDVDを送り返してもらったという。

だが映像を冒頭から何度か見返してみたものの、祖父が言うような「お葬式の映像」はもちろん、これといったノイズなども見つからなかった。

よくわからないままふたたび祖父にDVDを送り返し、しばらく経った頃そのドラマに出演していたあるベテラン俳優の訃報が届いたのだ。

直後にまた電話をしてきた祖父は、ワイドショーで流れた俳優の葬儀会場の映像が、ドラマに〝混線〟した映像とよく似ていたと春臣さんに語っていたそうだ。

# 待合室

会社役員である君恵さんが新入社員の頃、初めての出張でO市へ行ったときのこと。乗りたいバスの発車時刻まで間があったので彼女はベンチに座っていた。そこは狭いながらガラス張りの待合室になっていたが、外からしきりに手を振っている金髪の女の子がいることに気づいたという。

どうやら白人の子供のようだ。青い目をして、手足が長い。待合室には君恵さんのほかにサラリーマン風の中年男性と、制服姿の小学生らしい男の子がいた。二人とも外から覗き込む女の子に気づいていないらしい。女の子は手を振るだけでなくジェスチャーや、口を大きくあけて何か言っているようだが、外の音はガラスに遮断されていたので聞こえなかった。

いったいどちらに呼びかけてるんだろう？　そう思って君恵さんは二人を見比べた。年齢から言えば男の子の同級生に見えなくもないが、女の子は私服姿だった。それにそもそも出入り口がすぐそばにあるのだから、入ってきて声を掛ければいいのにそうしないのは、たんにふざけて遊びでしていることなのだろう。

そう思って君恵さんは女の子から視線を外し、自分の手元に目を向けた。ホテルでろくに眠れなかった疲れを急に感じて瞼を閉じると、そのまま少しうとうとしたようだった。

ひんやりしたものが突然頬に触れたので、驚いて君恵さんは目を開いた。すぐには自分が見ているものが何なのか理解できず、おそらく五秒間くらいそのままの姿勢で固まっていたのだろう。

彼女の前には近くのベンチに座っていたはずの中年男性と小学生の男の子が揃っていた。いや、正確には二人ではなく、かれらは今ではひとつに繋がっていたのだ。スーツ姿の中年男のぼてっと肥った腹の辺りから、制服姿の男の子が横枝のように生えていた。

男のスーツと男の子の制服は、質感がグラデーションになって地続きだった。そして生えている男の子のほうが手をのばして、君恵さんの頬をひたひたと触っていたのである。

二人とも何か嫌なことでもあったような不機嫌そうな表情で、そのくせこの至近距離から君恵さんをまるで視界に入ってないかのように無視して、互いに無言で見つめ合っていた。

そこまでの光景をしっかり目に焼きつけてから君恵さんは自分でも驚くほどの悲鳴を上げて立ち上がり、出口を求めて待合室を囲うガラスに激突した。

何度か激突したのちようやくたどり着いたドアを開けて転がり出ると、そのまま少し先のコンクリートの壁にまた激突して転び、尻もちをついたまま振り返ったときには待合室は空っぽで誰もいなかったという。

「……だから逃げなってあんなに言ったのに」

いつのまにか横に立って君恵さんを見下ろしていたさっきの女の子が、流暢な日本語でそう吐き捨てるように言った。

そして呆然と座り込む君恵さんを怒ったような顔でにらみつけると「ばーか」とつぶやいた女の子は、金髪をなびかせてどこかへ行ってしまったという。

「間違いなく最初は二人だったと思うんですよね、サラリーマンと小学生。繋がってなかったはずなんです……」

この体験談を語り終えたとき、君恵さんはそう訴えながら両手で何かジェスチャーをした。

お腹から人が生えている、というジェスチャーのようだった。

「それが完全に繋がっちゃってたわけだけど、すごくはっきり見えてたし幽霊とかじゃないと思うんですよね。なんだかわからないけど実在してるもの。世の中にはあいうものがいるんですよきっと」

それをあの女の子だけは知ってたんでしょうね、と君恵さんは言った。

# 竹藪

高校時代の恩師F先生が今は東京で食堂を営んでいると丈志さんは聞いた。平成の初め頃のことだ。

ぜひ会いにいこうと思って食堂の場所を調べると、土地勘のない住所だったので当時つきあっていた彼女に訊いてみたら昔近くに住んでいたことがあるという。なので一緒に行くことにして彼女の案内で駅から歩いていったら、道沿いに竹藪があった。

都心にもまだこんな場所が残っているのかと丈志さんが感心していると、

「私が子供の頃はこの辺りはみんな畑で、うちで食べてた野菜はだいたい近所からのお裾分けだったよ」

彼女はそう言って新しいマンションやアパートが立ち並ぶ町を振り返った。

食堂があるのはこっちのはずだと彼女が指さしたのは、竹藪をぐるようにのびている道だった。蝉の声が頭上から降るようにうるさくなった。「でもおかしいなあ」と彼女が言うのが聞こえる。「子供の頃はここにはスーパーがあったはずなのに。よくお母さんと来て苺味のロールケーキ買ってもらったんだよね」

「建物を取り壊した跡に竹を植えたんじゃないの？　竹って繁殖力が凄いらしいから」

そんなことを話しながら竹藪を抜けきったところ、正面に赤い稲荷の鳥居があった。ここは昔から変わってないなと言いながら、彼女は道を左へ折れていく。背丈より少し高い塀が続いた先で道が塀を曲がり込んでいて、彼女が先に立って歩いていった。

「あれーっ、なんでだろ」

素っ頓狂な声がしたので急いで後を追うと、彼女は立ち止まって首をかしげていた。道はすぐそこで行き止まりになっており、その先はまた竹藪が視界を覆っている。

「この先すぐのところに十字路があって、その角だと思ったのに」

「でもどう見ても道はないよね」

あきらめきれないように竹藪を覗き込む彼女の肩を叩いて、丈志さんは道を引き返した。

「とにかくあの竹藪のむこうに回る道を探せばいいんじゃない？」

「まあそうなんだけど」彼女は険しい顔をしている。「そういう問題じゃないんだよ」

スーパーの跡地が竹藪になるのはまだわかる。でも道が竹藪になっちゃうとかありえなくない？　そうぶつぶつ呟いている彼女に「他の道と間違えてるんじゃない？」と言うと、

「そんなわけない！」

彼女は怒ったようにそう言った。当時住んでいた家もさっきの道の先にあって、駅に出るときは必ず通っていた道だったというのである。

「その先生の食堂があるはずの十字路の、次の角に家があったんだよ。まだ残ってるかはわかんないけどね」

だが結局遠回りしても彼女の記憶にある十字路に出ることはできなかった。

肝心の所でいつも竹藪が視界を覆うように広がって道が途切れたり、迂回させられてしまうのだ。だからF先生の食堂はもとより、彼女が昔住んでいた家の場所にさえたどり着くことができなかった。二人はひたすら歩いてくたびれはてた挙句に帰宅し

たのである。

少し後になって、どうもF先生が食堂を始めたというのはデマらしいという話を丈志さんは耳にした。他の先生の話や上級生の話がいろいろと混ざった結果、そういう誤情報が出回ってしまったようなのだ。

では本当のF先生はどうしているのだろうと気にかけていると、まもなく先生の訃報が届いて丈志さんは非常に驚いた。今度は高校の同窓会名簿を通じての連絡なので確実な情報だったという。

先生は老父の介護に疲れたという遺書を残しており、窓に目張りした自動車に七輪を持ち込んで練炭自殺したらしい。

そのとき先生の亡くなっていた車は地元の人通りのめったにない細道に、無理に鼻先を突っ込んでいたそうである。

その道は、両側を竹藪に挟まれていた。

# シャッター商店街

夕方の商店街を歩いていたら、どこからか祭囃子のようなものが聞こえてきた。近くで祭があるのかな、と思って知文さんが音のするほうを探していくとシャッターの下りている電気屋にぶつかった。どうやらお囃子はこの中から聞こえているらしい。テレビか何かの音声だろうか。とにかく祭じゃなかったみたいだなと思って知文さんがふたたび歩き出したら、なぜか祭囃子は背後からついてきているように聞こえる。

おかしいなと思って踵を返し、ふたたび音の出どころを探していくと、今度は電気屋ではなく何軒も離れた和菓子屋の前に行き当たった。今度もシャッターが下りていて、お囃子がその中から聞こえてくるのだ。

だが聞こえ始めてから五分以上経っているし、テレビ番組でこんなに同じ音ばかり続くこともないだろう。

そういえばこの商店街はシャッターの下りている店が多いなと知文さんは思った。考えてみればいつものことだから定休日ではなく、商売をやめてしまっている店が多いのだろう。そう思って歩き出すと、また祭囃子は遠のくこともなく知文さんの後をついてきた。急に怖くなった知文さんが早歩きになってもまだ音はついてきた。ほとんど走るような勢いで商店街のはずれまで来た知文さんは、勢いあまって転んでしまった。その頭上をすーっとお囃子が追い抜いていって、そのまま出口になっているT字路の先へ進むと、そこで音が何かに吸い込まれるように小さくなって消えてしまった。

知文さんは道路にうつ伏せに倒れて鼻血を流したまま、商店街の出口を見つめ続けた。

その間、訝しげに彼の傍を通り抜けていったのは一匹の猫だけだったそうだ。

# チコちゃんの傷

　池袋にあるショップで働いていた頃、里緒さんが仕事帰りによく立ち寄る店があった。基本は酒を飲ませる店だが頼めばメニューにないご飯物もいろいろ出してくれる。里緒さんはここでよく「お母さんが作ってくれるようなやつ」とリクエストして、煮物や小鉢をいろいろ組み合わせたオリジナル定食のようなものを出してもらっていた。

　この店の従業員にチコちゃんという女の子がいた。年は聞いたことがなかったが里緒さんと同じくらいに見えた。このチコちゃんとある日、里緒さんは電車の中でばったり会ったそうだ。ただむこうは里緒さんに気づいていないようだった。間近でじっと見てしまったのに視線をそらされたから、チコちゃんの目が悪くて気づかなかったか、それとも客の顔を覚えられないタイプなのかなと思いつつ里緒さんは声まではかけなかったという。

それにチコちゃんの顔の左頬のあたりにわりと目立つ傷跡があって、店では念入りな化粧で隠してるのかもしれないと思い、声をかけられたくないかもと気遣ったのもあった。

それでも吊革に掴まりつつ横目でちらちら見ながら気にしていると、チコちゃんはある駅で先に降りていった。池袋が職場の人が住むにはちょっと通うのが不便な駅だったので、何か用事があるのかなと思いながら里緒さんはその背中を見送った。

数日後、仕事帰りに里緒さんが店に立ち寄るとチコちゃんがいた。

照明が暗いせいもあるかもしれないが、やはり顔に傷跡は見当たらないしメイクもさほど厚いように見えなかったという。悪いと思いながらついじろじろと見てしまったら、チコちゃんが何か気づいたみたいで「どうしたの？」という顔を向けてくる。それで里緒さんが思わず「こないだチコちゃんに似た人見かけたんだよね」と話してしまうと、チコちゃんは一瞬表情が消えたように見えた。が、すぐに笑顔にもどって、「えーっ、ほんとに似た人なんですかー？　私かもしれないじゃないですかー」

そういつもの調子で言いながら他のテーブルにお酒を運んでいった。

けれど目だけは笑っていなかった気がして里緒さんはなんだか怖くて、食べ物に手を付けず両手を膝の上でぎゅっと握り続けた。

悪いこと言っちゃったかなと思って落ち込んで、里緒さんが帰りの電車に乗り込むと混雑した車内にまるで避けられているかのように空いている座席があった。

汚れているのかなと気にしながら近づいてみると、大丈夫そうだったので座って里緒さんは瞼を閉じた。すると瞼の裏にチコちゃんの姿が浮かび、こちらに笑いかけてくる。それがあまりに生々しかったので、夢にしては意識がはっきりし過ぎてると思いながら見ていると、少し動いたチコちゃんの顔の左頬のあたりに大きな傷跡が見えたという。

はっとして目を開けると、すぐ目の前で吊革に掴まっている人と目が合った。

学生風の若い男だが、左頬に大きな傷跡がついているのが見える。

思わず目をそらすと、隣で吊革を握っている中年女性もじっと里緒さんに視線を向けていて、その人の左頬にも同じように傷跡があったという。

そのときにはすでに里緒さんは他の多くの、数え切れない視線が自分に注がれているのを感じていた。どこへ顔を向けても誰かが里緒さんを見ていて、その人の左頬には必ず大きな傷跡があった。身を乗り出したり首だけをひねったり、様々な姿勢で里緒さんのことを窺っているのだ。

「これは夢だ、まだ夢が続いてるんだ」里緒さんは心の中でつぶやいた。そして電車が次の駅で停まると「これは夢これは夢」とつぶやきながら立ち上がって出口に向かって走った。電車がホームを出てしまうのを見届けても彼女はつぶやき続けていたという。

「だからやっぱり、夢じゃなかったんですよね」

そう言って自分の顔をしきりに撫でている里緒さんの左頬にもかすかに傷跡に見えるものがある。

だがなぜかそのことについて、彼女自身からそれ以上のコメントはなかった。

# ピース

奈美江さんが愛犬のピースを散歩させて近所の住宅地を歩いていたとき、どこからかお経を読む声が聞こえてきた。

法事なのかな、と思いながら無意識のうちにそのお経に合わせてハミングしながら歩いていると、前を歩いている愛犬ピースもそれに合わせるようにお経を読むような声で鳴き始めた。

「ちょっとピース、あなたお経が唱えられるの?」

うれしくなった奈美江さんは、周囲に人もいなかったのでついハミングの声が大きくなったという。

するとピースもひときわ大きく声を重ねてきて、どこかの家のお経と奈美江さんのハミングと犬の声が不思議なハーモニーを奏でて、その響きの中で周囲の景色が歪み始めたように思えた。

なんだろうこれ、すごく気持ちいいなと思いながら恍惚として歩いていると、向こうから車のエンジン音が聞こえてきた。そのエンジン音や、さらに耳に飛び込んできたクラクションの音までがみんなお経に似ていて、奈美江さんたちのハーモニーに加わってさらなる恍惚へと運んでいくようだったという。

奈美江さんは酔っ払ったように足がもつれてしまい、思わずピースのリードを手放してふらふらと近くの電柱にしがみついてしまった。

するとピースは見事なお経を唱えながら、迫りくるトラックの前へと勢いよく飛び出していった。

お経とは似ても似つかないヒステリックなブレーキ音の後、突然訪れた静寂の中で奈美江さんはトラックのタイヤの下からはみ出している犬の足を見て呆然と立ち尽くしていた。

お経の声などどこからも聞こえていなかったという。

# モーニング

梅雨明け間もない平日の朝のこと。紹子さんは自宅アパートにほど近いカフェに朝食をとりにいった。そのカフェのモーニングは大きなサラダがついて健康的なので、出勤前の時間があるときは時々食べにいっているのだ。

だが店の前に立つと臨時休業の貼り紙がある。がっかりした紹子さんはどこか近くにモーニングをやっている店がないかなと思いながら歩いて、一軒の喫茶店の前に立ち止まった。

営業中の札が出ていた。とくにモーニングについての表示は見当たらないが、朝から開いている喫茶店はたぶんモーニングもやっているだろう。

そう思って扉を開けると、紹子さんは店内に足を踏み入れた。

外観からもそう思ったが、いかにも昭和の純喫茶という雰囲気で「近所にこんな店があったんだな」と思いながら紹子さんは適当な席に着き、メニューを開いた。モーニングセットという文字が目に入ったので安心して、店員を呼ぼうと顔を上げた。

するといつのまにそこに立っていたのか、エプロンをした四十歳くらいの女性が目の前にいたという。

紹子さんは「モーニングセット、おねがいします」と声をかけた。

すると女性は軽くうなずいたように見えたが、その場から去ろうとしない。飲み物を選ぶのかと思い、「ホットコーヒーで」と付け加える。だが女性は相変わらずその場にとどまっていた。

他にも選ぶものがあるのか、それとも追加の注文を待っているんだろうか？　困惑して見上げると、女性の顔がまっすぐ中空に向けられたまま固まっていることに気づいた。

人形だ。

まるで注文をメモするような姿勢で両腕を構え、ただし手には何も持たされていないマネキンがテーブルの横に立っていた。黒っぽいワンピースに白いエプロンをつけている。

ぎょっとした紹子さんは腰を浮かせた。その場で震えながら必死に頭の中を整理していると、店の奥から声が聞こえてきたという。

「あーごめんね、ちょっと目を離したらこれだからもう。ほんとごめんなさいねー」

現れたのは白髪頭をオールバックにした、老齢と言っていい男性だった。男性はマネキンを横抱きに抱えるとばたばたと奥へ引っ込んでいった。

「ちょっと待っててねー、今すぐ注文を……」

だがその言葉を聞き遂げる前に紹子さんは店を飛び出していた。

「店に入って席に着いたときは、絶対そんなマネキンは置いてなかったんです。それに最初顔を見たときはたしかに生身の人の顔で、ちらっとこっちに視線を向けるところも見てるんですよ。まあ、こんなこと言っても誰も信じてくれないんですけどね」

その後店の前を恐々と何度も通ってみたが、なぜかいつも定休日の札が出ていて、いまだ営業しているのを見たことがないという。

# 休憩室

兼一さんが働き始めた工場には休憩室が二つあった。

広いほうの休憩室は誰も使わないので物置きのようになっていたが、その理由を兼一さんは知らなかった。

どうしてだと思う？　と先輩の工員に訊かれて、

「自販機とかないからじゃないですか？」

そう兼一さんは答えた。

「逆だよ」

先輩は笑ってそう言う。

「誰も使わないから自販機は撤去されたんだよ」

「どうして誰も使わないんですか」

兼一さんが訊ねると先輩は「行ってみればわかるよ」と答えた。

次の日の休憩時間に、兼一さんは広いほうの休憩室を訪れた。

たしかに誰も使っていない。長いテーブルに添えられたパイプ椅子も、大半は片づけられてしまったのかまばらだった。

兼一さんは椅子に座って、周囲を見渡した。

外が見えるほうの窓は、日が差し込んでいて明るい。その反対側の、通路に面した窓を見ると女の人が立っていた。

制服を着ているので関係者だとわかるが、この工場で女の人を見るのは珍しい。

目が合った気がしたので一応会釈すると、女の人の頭も揺れたように見えた。

顎に目立つほくろがあったことが印象に残った。


「な、わかっただろ?」

次の休憩で顔を合わせた先輩がにやにやしながら話しかけてきた。

「わかりませんよ、広くてもったいないじゃないですか」

「女見なかったのか」

先輩は真顔になって言った。

「えっ、外の通路に立ってる人はいましたけど」

「顎にほくろのある若い女だろう」

「ええ、だけどまさか」

「幽霊だよ」

先輩はこのときだけ、内緒話のように小声になった。

「ここ今、若い女なんていないだろ」

「そうなんですか」

「いないよ」

先輩はそう言って立ち上がると、出口に向かっていった。

「だからあそこ、怖くて誰も使わないんだよ」

この二日後に先輩は作業中に機械に体を挟まれて救急搬送され、病院で死亡が確認された。

一番親切にしてくれた先輩を失った兼一さんは、他の先輩工員たちともだんだんと会話するようになっていった。

そして彼らに「広いほうの休憩室」の話を訊いたが、幽霊の噂を聞いたことのある人は誰もいなかった。使われなくなった原因は「遠すぎるからだろう」というのが定説のようだ。

ただ、工場に若い女がいないことは事実のようだった。

食堂で働くベテランの女性に訊いてみても、兼一さんが見たような女に「心当たりはない」という返事だったという。

# 自転車の写真

コンビニ店員の喬太さんの話。

小六のときに同じクラスのカベくんって子が風邪で学校休んだんですよ。そしたら担任に「カベくんにこのプリント届けてあげて」って渡されて。おれん家、同じ方向だったんで帰りにカベくん家の前通るんですよね。

だからプリント持っていって、玄関のチャイム鳴らしたらカベくん本人がドア開けたんです。お母さんにでも渡して帰るつもりでいたからちょっとびっくりしたんですけど。「誰もいないから上がっていきなよ」なんて言われたんで「寝てなくていいの？」って訊くと「もう治った」なんて言ってました。

じゃあちょっとだけねって言って家に上がると、プリント届けてくれたお礼だってクッキーくれて。それからなぜか写真を見せてくれたんです。公園の入口みたいな所に、誰も乗ってない自転車がぽつんと置いてある写真。何これ？　って訊いたら「買ってもらったんだ」って嬉しそうに言うんです。でもなんで実物じゃなくて写真見せるんだろうと思ったら、「親戚のおじさんが買ってくれたけど、まだ実物は送られてきてない」って話で。

長野に住んでるおじさんが、近所のリサイクルショップで買った自転車を送ってくれるという話でした。ひと足先に写真だけ届いたんだって。リサイクルかぁ、って正直おれは思ったんですよね。遠くに住んでてわざわざ自転車買って送ってくれるのに、新品じゃなくてリサイクルっていうのがちぐはぐな感じがして。しかもごく普通のママチャリなんですよね。でもカベくんは気にしてないのか、写真眺めてうっとりしてる感じなんですよ。早く届かないかなあ、なんて何度もつぶやいてたのを覚えてます。

で、カベくんその日「もう治った」なんて言ってたわりには翌日も学校を休んだんですよ。結局出てきたのは一週間後でした。でもすごく暗い顔して教室に現れたんです。どうしたの？　自転車もう届いた？　って訊いたらカベくん首を横に振って。えっまだ届かないのって言ったら「おじさん死んじゃったから」ってぽつりと言うんです。それで長野まで行っておじさんの葬式に出てきたんだって。びっくりしましたよ。

カベくんの話では、親戚のおじさんはカベくんにプレゼントする自転車をなぜか自分で漕いで、直接家まで届けようとしたらしいんですね。普通のママチャリで、何百キロもある道のりですよ？　着替えや食料の入ったリュック背負って奥さんや子供に「行ってきまーす」と言って自宅を出たそうです。だけどその後消息がつかめなくなって、奥さんが警察に届けて数日後に県内の山の中で遺体で発見されたそうです。死因は凍死で、冬なのにろくな装備もなく野宿しようとしたみたいで、おじさん薄い寝袋の中で凍ってたらしいです。

あまりのことになんて言っていいかわからず、おれ黙ってしまったんですよね。そしたら「でも自転車なかったんだ」ってカベくんがぽつりと付け加えて。「おじさん死んでたのに乗ってたはずの自転車がまだ見つかってない」って言うんです。警察の人は、途中どこかで乗り捨てて徒歩かヒッチハイクに切り替えたんじゃないか? って奥さんに言ったらしいんですけどカベくんは「そんなはずない」って。カベくんに自転車届けるためにおじさん出発したのに、途中で自転車置いてくるはずないって。

「盗まれたんだ」っていうのがカベくんの主張でした。おじさんが凍死してる横に停められてた自転車を、誰かがこっそり盗んだんだって。おれはそれは絶対ないと思ったんですよ、高級車ならともかくただのママチャリだし。でも落ち込んでるカベくんにそんなことも言えなくて、ただおじさん気の毒だったね、自転車見つかるといいねって声かけただけでした。

それからは毎日カベくんと学校で顔合わせたけど、人が変わったみたいに暗くなってて。ずっとおじさんのこと引きずってるのかなと思ったんですね、自分のせいで死んでしまったと思うのも無理ないような状況だし。それで気が紛れるようにテレビアニメの話題とか持ちかけても乗ってこないで、ぽつりと「自転車まだ見つからない」って言うんです。そっちかよ！　と思ったけど「そうなんだー、でもきっと見つかるよ」って慰めて、そんな状態が何日か続いてある日カベくんは学校に来なくなっちゃいました。

彼が来なくなって三日目だったかな、担任が「カベくんは行方不明です」ってホームルームで打ち明けたんです。学校から帰ってカバン部屋に置いて出かけたまま、その日まで帰ってきてないって。「警察やお家の人が今一生懸命捜してるから、みなさんもカベくんの無事を祈りましょう」って言われて。おれはそれ聞いて呆然としちゃって、帰り道にカベくんの家の前に立ってなぜかしばらくぼーっとしてたんですよね。そしたらドアが開いて、カベくんが顔を出したんですよ。

カベくん！　無事だったんだね！　って駆け寄ると彼はママチャリを引きずって外に出てきて。「おじさんのくれた自転車だよ！」って嬉しそうに言ったんです。よかった、自転車も見つかったんだねっておれが言ったら、カベくん自転車にまたがってみせて。かっこいい自転車だね！　って褒めたらにこにこしながら漕ぎだして、そのまま道をずっと先まで走っていってしまって、見えなくなったんです。ぐるっと回ってもどってくるかなと思って待ったけど来ないから、とにかく無事でよかったと思って家に帰ったんです。

それで家に着いたら母親が電話中だったんで、終わったら「カベくん無事だったよ！」って報告しようと思って待ってたんですけど。電話を切るなり真っ青な顔して振り返って「カベくん亡くなったって」そう言ったんです。おれは驚くというよりキョトンとしちゃって、いや今カベくんにそこで会ったよって言ったらすごい剣幕で「そういう馬鹿な冗談はやめて！」って怒られてしまって。

母親に回ってきた連絡だと、カベくんは長野の山の中で凍死してるのが見つかったんだそうです。先日おじさんが亡くなってた場所からはだいぶ離れてたけど、同じ道沿いを少し山に入ったところで横たわって冷たくなってて。その遺体の傍には彼が家からここまで乗ってきたらしい自転車が一台停めてあったということでした。

それはおじさんがカベくんのために買って写真を送ってきた、その後行方不明になってたあのママチャリでした。そのことはのちにカベくんのご両親が写真と照らし合わせて確認したそうです。

だけとどうしてカベくんがそのママチャリに乗ることができたのか、誰もちゃんと説明できなかったと思います。おじさんがどこかで宅配便で送って、それをカベくんが受け取ったんじゃないかって話もあったけど、どうなんですかね。おれが最後に見たときカベくんはもう死んでたわけだけど、もしかしたら彼が出発するときもあんなふうに家を出てったんじゃないかなとおれは思ってるんですよね。それが録画された映像みたいに家の前で再現されて、そこにたまたまおれも巻き込まれて見てしまったのかなって。

その前におじさんの自転車が、おじさんが死んでからもずっと自力で走ってとうとう家までカベくんを迎えに来て、カベくんを連れてったんじゃないのかな。

# 流れる

通伸さんの勤務している職場の後輩にOという女子社員がいる。

彼女は生まれも育ちも東京だが、十代の頃に一年間だけ静岡の某町に住んでいたことがあった。年の離れた姉とマンションに暮らしていたということだ。

そのマンションは幅十メートルほどの川のほとりに建っていたのだが、風の強い日に何度か洗濯物を飛ばされて、それが川原に落ちているのに気づいたことがあった。

彼女はベランダから身を乗り出してそれを確認してから拾いにいった。飛ばされたのはたしか姉の着古したTシャツだったはずだ。エレベーターで地上に下りて、それから道をぐるっと回って川べりへ出ると、川原へ降りられる階段を探す。部屋から見るとほとんど真下のような位置だったが、実際にそこへたどり着くにはけっこう大回りになって、たぶん十分以上かかったのだろう。

ようやく彼女は川原の草むらになっている場所に、見慣れた姉のシャツを見つけて近づいていった。

さらさらさら、という川の瀬音が聞こえている。上流から何かが流れてきたように見え、初めはカモなどの水鳥かなと思ったようだ。シャツを拾い上げようと腰をかがめたときに、ちょうどその流れてきたものが彼女の横を通り抜けた。

それは人間の首だったという。

じっとこちらを見つめている若い男の顔が、「よう！」と呼びかけるような口のかたちをしたまま目の前を流れていったのだ。

人が泳げるような深さのある川ではなかった。にもかかわらず、若い男の首はまるで水中に立っている人のように垂直に水面から飛び出していたという。

Oはそれからどうやってマンションにもどったのかおぼえていない。

気がつくと部屋にいて、腰のあたりまでずぶ濡れのまま座り込んで震えていたそうだ。

「マネキンの首を見間違えたんじゃないかって姉には言われたんですけど。ありえないですよ、だってその首流れていくときずっと私のこと目で追ってましたから」

そう語っていたというOは、最近約十年ぶりに似たような体験をしたそうだ。

去年の春、彼女は友人たちと花見をすることになった。予定の合う日に集まったらすでに花はだいぶ散ってしまっていたそうだが、公園でそれぞれの持ち寄った食べ物やお酒を楽しみ、日が翳《かげ》ってくる前にお開きになった。

Oは帰りの方向が同じシホという子と電車に乗った。席が空いたので座り、おしゃべりをしているとき彼女は向かい側の座席の上の網棚がなんとなく気になったという。会話を続けながら視線を向けると、まばらに置かれたバッグなどの隙間に何かが動いているのか、ちらちらと見え隠れするものがあった。

「どうかしたの？」

にわかに返事がおろそかになったOに不審そうに訊ねたシホが、彼女の視線を追って網棚を見た。

「えっ！」

息を吸うのと吐くのを同時にしたような声でシホは叫んで、座ったまままびくんとその場で跳ね上がったという。

おそらくOも同時に同じものを見たのだろう。網棚の荷物の裏側を、にっこり笑った赤ん坊の顔が左から右へと流れていったのである。

「嘘でしょ」

シホはそうつぶやいてOの腕にしがみついた。

そこで電車は駅に停車して、大勢の人が乗り込んで車内はにわかに混雑し始めた。網棚にも多くの荷物が載せられたが、もはやたった今見てしまったものの行方を確かめることはできなかったそうだ。

「でもそのとき、昔川で見た首の記憶とはしばらく結びつかなかったんですよね。網棚と川じゃ場所が全然違うっていうのもあるし、赤ちゃんと大人の違いもあるけど、もっと決定的な違いがあったんだって後で気づきました」

「なんていうか、赤ちゃんの首は生きてたんですよ。たぶんあれは生霊みたいなもので、実際にどこかにいる赤ちゃん、もしかしたらあの電車のどこかに乗ってた赤ちゃんだったような気がするんです。だけど川で流れてきたほうの首は、きっと死人ですね。おそらくあの川で死んだ人。それは単純に表情とか顔色だけじゃない微妙な印象の話なんですけど……」

とにかく生首には生きてるのと死んでるのがあって、この差はけっこうはっきりしてるんですよ、理屈じゃないんです、先輩も実際見てみればわかりますよ！

そうＯは力強く語っていたそうだ。

# 蝋人形の蝋人形

元編集者の美菜代さんは、十年くらい前から無農薬野菜を使った食品にかかわる仕事をしている。

彼女が今住んでいる某町に引っ越して半年ほど経った頃のこと。仕事から帰ってきて夫と雑談をしていると、テレビにどこか外国の蝋人形館の映像が映し出された。さまざまな歴史的な有名人の姿をかたどった蝋人形が並ぶ館内を、日本のタレントが面白おかしくレポートして回っている。

美菜代さんは夫と会話を続けながら横目で画面を眺めていた。だからそれがどの国の何という蝋人形館なのかはわからなかった。だが彼女の知っている有名人に関する限り、人形はあまり似ていると思えなかったらしい。

そんな番組を見たせいなのだろう、その晩、美菜代さんは夢を見た。

美菜代さんは薄暗い建物の中を歩いていた。通路に沿ってところどころに蝋人形が展示されているのだが、それらはひと目見て誰をモデルにしたものかわかるだけでなく、いずれもまるで生きている人間がじっと固まっているとしか思えない出来だった。ジョン・レノンとか夏目漱石とかサダム・フセインとかマーガレット・サッチャーとか、とにかくテレビや写真などで見たことのある有名人が無秩序に並べられている。

そんな中にひとつだけ美菜代さんが見たことのない顔の蝋人形が置かれていた。

他の人形と同じかそれ以上に生々しい出来栄えなのだが、知らない顔だった。

三十代かそれ以上に見える男性で、顔が長く頬骨が出ていてアジア系、日本人にも多そうなタイプの顔。そして衣服は青味がかったグレーの、安そうな量販店のスーツのようだ。

これはいったい誰なんだろう、という興味が湧いて立ち止まってじろじろ見ている美菜代さんの背後に、人の気配が感じられた。

振り返るといかにもここの〈館長〉だと思われるような派手目なジャケットの年配の女性が、後ろ手に組んでにこやかに立っていた。

美菜代さんはこの女性に向かって、目の前の蝋人形のモデルについて訊ねたという。

「これは誰の蝋人形なんですか？」

すると女性は鷹揚に数度うなずくと視線を人形に向けた。

「これは蝋人形の蝋人形なんですよ」

女性はたしかにそう言った。

はあ、と曖昧な返事をしたものの、美菜代さんは相手の言葉が何のことだかさっぱりわからない。

だが年配の女性はいかにも感慨深げに人形を眺めると、うなずきながらどこかへ行ってしまった。


目を覚まして美菜代さんは「変な夢だったな」と思った。

だが夢が変なものであるのは珍しくないのですぐに忘れてしまい、それから一ヶ月ほどが経った。

仕事の打ち合わせを終えた後、場所を変えて一人でお茶を飲みながらタブレット端末の画面を眺めていると美菜代さんは急に差し込むような頭痛を感じた。

あまり経験のない痛みだったので驚いて、こめかみの辺りを押さえながら目を閉じていたら耳に低いモーター音のようなものが流れ込んできたという。

これは今店内で実際に聞こえている音なのだろうか？　それとも自分の頭の中でしている音？　その判断もつかないままじっと耐えていると痛みがすーっと引いていって、同時にぶーん、という音がにわかに変化して人の話し声に変わった。

「……大丈夫ですか」

頭上からそんな男の声が聞こえたので、目を開けると青味がかったグレーのスーツの布地が目に入った。どこかで見たような色だな、と思いながら「大丈夫です、ありがとうございます」と言って美菜代さんは顔を上げた。

そこに立っていたのは頬骨が出ている長い顔の、夢で見た蝋人形のモデルにしか見えない男性だったそうだ。

だが不思議と美菜代さんはそのことを平然と受け入れ、焦ったり恐怖を覚えたりすることはなかった。

やっぱり実在してるんだな、そうじゃなきゃあんなに見事な人形はつくれるはずないもんな。そんな淡々とした気持ちで事実を受け入れるとその男性に向かって、

「夢で蝋人形でしたよね？」

思わずそう言ってしまった。

すると男性はにっこりと笑ってうなずくと、

「蝋人形でした」

そう答えて踵《きびす》を返し、テーブルの間を縫ってその店から出ていったという。

美菜代さんの席からは大きな窓ガラス越しに表の様子がよく見えたが、店を出た後の男性の姿を見届けることはできなかったそうだ。

# カメイ

峻吾さんに聞いた話、十三年前の冬のことだという。

彼が勤めている会社に来客があった。五十代くらいの男性でカメイと名乗り、峻吾さんの上司の名を告げて会いにきたと言うが、生憎上司は外出中だった。ただ帰社予定時間が三十分後だったので、本人には連絡が取れなかったけれどよければ待ちますかと訊ねた。すると、その人が待ちますというので、応接コーナーに案内して、そこで待っていてもらうことになった。

結局一時間近く後に上司は帰ってきて、カメイなんて人知らないなあと言いながらさっそく応接コーナーへ足を運んだ。けれどすぐに首をかしげながらもどってきて

「誰もいないよ」と言う。手を付けられてないコーヒーの紙コップが置いてあるだけだったと。他の人も周囲を捜してみたが見つからない。そもそも応接コーナーは奥まった場所にあって、そこから出ていくには人目に触れないのは不可能なのだ。どうにもおかしな話だがとにかくいないのだからしかたない。いやだなあ、まるで幽霊みたいだなあと上司は顔をしかめて、とにかくそのときは終わった。

それからまた数週間後にカメイと名乗る人が訪ねてきた。ただし今度は七十歳くらいの女性で、やはり上司の名を告げて会いにきたと言う。そのときも上司は外出中でそのカメイという女性も応接コーナーで待つことになった。ただ先日のことがあるので、峻吾さんも他の社員もたびたび応接コーナーを覗いてみたが女性はソファに静かに座って待っている。ただお茶やお菓子は勧めても頷くだけでけっして手を付けなかったという。

やがて上司が帰社したので事情を話すと、いくぶん顔色が青ざめたように見えた。そして応接コーナーへ足を運んだが、やはり誰もいなかったのである。ほんの二、三分前に峻吾さんは女性がソファにいるのを確認していたので、絶対に変だと言って捜し回ったが結局見つからずじまいだった。このとき上司は前回のような軽口を叩く余裕もないようでひどく真面目な顔で「今度カメイという人が来ても待たせずに帰ってもらってくれ」と部内の人たちに念入りに頼んでいたそうだ。

その日からたぶん一週間も経たないうちに上司は仕事中に眩暈を起こして倒れ、救急搬送された。しばらく安静にして検査の必要があるということでそのまま入院し、峻吾さんたちは上司の抜けた穴を埋めるため多忙をきわめたという。そこへみたび上司を訪ねてきた人がいて、やはりまたカメイと名乗ったのだが、今度はまだ高校生くらいに見える童顔の女性だったという。応対した社員は上司が入院中だということを告げ、帰ってもらおうとした。すると女性はなぜかぱっと花が咲いたような笑顔になり、どこの病院ですかと訊いたのでその社員はうっかり病院名を教えてしまったという。

うなずきながら聞いていた女性は丁寧にお礼を述べて帰っていった。峻吾さんたちは来客のことを入院中の上司に伝えるべきかどうか話し合った。よけいな心労になりそうなことは伝えないほうがいいとも思えたが、やはり伝えておくべきだということになって連絡を入れることになった。ところがそこに上司の奥さんから電話がかかってきた。一時間ほど前に上司の容態が急変し意識不明になり、ほんの少し前に亡くなってしまったという。

上司が急変し意識がなくなったという時間がどうやら、客の女性が会社を立ち去った時間と一致するようだった。

そして奥さんもまたカメイという名前に一切心当たりがないという話であった。

# つくし

初之さんが二十代の頃住んでいた社員寮の近くに、都心に向かう私鉄○○線の線路土手があってのどかな緑の多い住宅地をよこぎっていた。

その土手の斜面には春先になるとたくさんのつくしが生えていることに初之さんは気がついたという。

季節の風物詩として、春の訪れを感じさせるつくしの群生を眺めるのを好む人は多いだろう。その線路土手のつくしも、柵に遮られているから摘むことはできないものの、行き交う人たちの目を楽しませていたと思われる。

だが、初之さんはつくしが苦手だった。大量に群れなして生えてくるところが不気味だし、人肌に近い色や独特の形が草むらの中では異質で、まるで地中にいる謎の生物の謎の器官が飛び出してきているように見えるのも気持ち悪かった。

だからせっかくの土手のつくしも、いつも目をそむけて足早に通り過ぎていたそうだ。

その晩、初之さんは普段よりも帰りが遅かった。さほど残業のある職場ではなかったが、その日は上司の出張と同僚の急病の分を補って、一人で会社に残っていたのだ。会社を出る直前に机の電話機が鳴った。時計を見ると二十二時を回っており、こんな時間に仕事の電話が来るはずもなく、おかしいと思いつつ出るとやはり間違い電話だった。相手は開口一番「つくし小学校さんですか?」と言った。違いますと答えるとすぐに謝って電話が切れた。

つくし小学校というのが近くにあると聞いたことはないし、こんな時間に小学校に電話をするというのも変だなと思った。だが聞き間違いかもしれないので、初之さんは手早く戸締りを確認すると職場を後にしたという。

会社から社員寮までは徒歩で十分程度だった。途中からは例の線路土手に沿った道を歩いていくことになる。ちょうどつくしが一斉に頭を出している季節だったが、今は暗闇に紛れてしまって全然見えなかった。だがしばらく歩いていくと、ちょうど街灯の光があたって斜面が明るく照らされている場所がある。初之さんは視線をそらして、道の反対側に寄ろうとした。

すると人間の背中のようなものがふいに視界に入った。何だろうと思わず顔を向けると本当に人間の背中で、おまけに尻まで見えた。

誰かが線路土手に全裸でうつ伏せに倒れているのだ。

頭を斜面の上に向けて、しがみつくような姿勢で倒れている体は全体にぼてっとして線が崩れた、中高年の人間のようだった。思わず「死体か⁉」とぎょっとして初之さんが立ち止まると、その白い背中が波打つように動くのがわかった。どうやら生きている人間のようだ。それも地面に体をこすりつけるような妙な動きをしているらしい。酔っ払いだろうか？　初之さんは目が離せなくなってしまった。するとかすかに歌うような女の声が聞こえてきた。

つくし、つくされ、つくされず……

つくし、つくされ、つくされず……

つくし、つくされ、つくされず……

最初はそれが土手に倒れている人間自身の声だとわからなかったという。髪が短くてほとんど坊主だったのと、こんな変態はどうせ男だろうという先入観もあったせいだろう。だがあきらかに声はその地面に貼りついてもぞもぞと動き続けている白く肥えた背中から聞こえていた。

電車が来ると危険だし警察に通報したほうがいいだろうか？　そう思って初之さんはポケットの中の携帯電話をさぐった。見ればあいにくバッテリーが切れていたので、とにかく早く寮に帰って寮から警察に電話しよう。そう思い直した初之さんはふたたび歩き始めた。

つくし、つくされ、つくされず……
つくし、つくされ、つくされず……
つくし、つくされ、つくされず……

横を通り過ぎる彼の耳にその声が飛び込んでくる。わけがわからないのにどこか物悲しい、聞いていると胸が詰まってくるような響きがあった。なぜか急にじわっと涙が滲んできて、そのままぽろぽろと頬を伝って落ちていった。「つくし、つくされ、つくされずか……」噛みしめるように独り言を言った初之さんは気持ちが高ぶって、思わず立ち止まるとその場から引き返そうとした。

だが線路土手の斜面にはあの裸の背中が見当たらなかった。

声はずっと同じような調子で聞こえているのに、声の主の姿がない。

やがて電車が近づいてきて土手の上を通り抜けていった。

車内の光をこぼしながら通り過ぎていく電車をぼーっと眺めていたら、一両だけ窓が真っ暗な車輌が混じっていることに気づいた。停電よりももっと暗いような、中に墨を溜めて走っているようなどす黒い窓だったという。

その後に続く車両はふたたび普通に明るく乗客の姿が覗いていた。

電車が通り過ぎてしまうと、もうさっきまでの歌うような声は聞こえなくなっていた。

初之さんは「あの真っ暗な車輌にあの人は乗っていったんだな……」と思ったそうだ。

翌朝の出勤時に初之さんが通りかかると、線路土手の斜面にはつくしが異様に長く成長している場所があったという。

それはあの裸の人が倒れていた辺りの斜面で、他のつくしの倍くらいの長さに成長した群れは、あきらかに大の字になった人間の輪郭をなしていたそうだ。

# ベンシン

克人さんが子供の頃、友達の家に遊びにいって帰ってきたら自宅前に救急車が停まっていた。家族の誰かが倒れたのだと思い、青くなって玄関に飛び込んだが誰もいない。さては二階だなと思って克人さんが階段を上がろうとすると、二階から見下ろしている顔と目が合った。

それは知らないおじさんの顔で、青々とした髭剃り跡が印象的だったという。救急隊員だと思って克人さんは道をあけその人が下りてくるのを待った。ところがおじさんはじっと克人さんの目を見ているだけでその場を動こうとしない。そもそも床に顎をくっつけるような姿勢でじっとしている救急隊員などいるのか？　克人さんは疑問を感じて階段を離れて、玄関の外が見える窓に移動した。すると救急車からたった今灰色の制服と帽子を身につけた救急隊員たちが降りてくるところだった。

じゃああのおじさんは？　そう思って克人さんがあわてて階段を見上げると誰もいない。下りてきた気配はないからきっとまだ二階にいるのだろう。

そう思って階段を見張るような気持ちでじっと緊張して立っていると、勝手に家に入ってきた救急隊員たちがなんとなく気怠そうな態度で肩を回したりしながら周囲を見回している。その態度に面食らいつつ克人さんが「あのー」と話しかけたところ、たった今気づいたように克人さんに目を向けると、隊員どうしで小声で少し話した後で一人が克人さんにこう話しかけてきたという。

「ベンシンはどちらになりますか？」

べんしん？　と克人さんは訊き返したけれど、相手は「ええ」と答えるだけでそれが何なのか教えてくれない。

そんなことより誰がなぜ救急車を呼んだのかを知りたかったが、克人さんの頭の中は「べんしん？？　べんしん？？？」と疑問符でいっぱいになってしまって救急隊員たちに質問をし返すことができなかった。

　すると救急隊員たちは突然人が変わったようにきびきびとした動きになって、三人一列になってぱたぱたと足音を立てて二階への階段を上っていった。それを見た克人さんは「さっきのおじさんはどうしたんだろう」とふと思った。

　そして階段の下で隊員たちが下りてくるのを待ったが、二階からはまるで談笑するような穏やかな話し声が漏れ聞こえてくるだけで、いっこうにもどってくる気配がない。

　そこで克人さんも階段を上ってみたところ、隊員たちは奥の和室の窓辺にずらっと並んで外を見ていた。その中の一人が振り返って克人さんに言った。

「あのねボク、ちゃんとベンシンの管理してないからこういうことになっちゃったんだよねー」

　なんとなく非難するような調子で言われたのでむっとして、言い返そうとした克人さんの視界にさっきのおじさんの顔が飛び込んできた。

　青々とした髭剃り跡の顔のおじさんは黒いジャージの上下で、右手にコンビニの袋のようなものをぶら下げていたと思う。ただしおじさんがいるのは窓の外の空中で、おじさんは自分がそんな場所にいることに困惑するように照れ笑いを浮かべていた。

「あの人空を飛んでるよ！　なんでなの⁉」

そう叫んだ克人さんに対し、救急隊員たちは苦笑いを浮かべて顔を見合わせていた。

「だから言ったでしょ、ベンシンが……」

一人がそう言おうとしたのを他の二人が止めて、

「所詮子供なんだからさ、親切に説明してあげても無駄だよ」

「ほらそろそろ帰らないと色々とあれだぜ、次のあれもあることだし」

などと言って腕時計を確認し合っていたが、突然また人が変わったようにきびきびした動きになると、行進のように三人一列になって階段を下りていってしまった。

空中に浮いたままのおじさんと克人さんはしばらく無言で見つめ合っていたが、やがて救急車のサイレンの音が聞こえてきて遠ざかっていくと、それにしたがっておじさんの姿も薄れ、最後には見えなくなったという。

部活から帰宅した二歳上の姉に克人さんが興奮冷めやらぬまま一部始終を話すと、

「おまえ頭大丈夫か?」

姉はそうぽつりと言っただけでテレビを見始めてしまったそうだ。

現在三十九歳の克人さんは、最近自分があのとき空中に浮かんでいたおじさんによく似てきたことを鏡を見るたび実感しているという。

「だからね、完全に外見が同じになってしまう前に〈ベンシン〉をどうにかしなきゃなって思うんだけど、それって何のことなんでしょうかねえ。ずっと気になってるんだけど未だにさっぱりわからんのですよね」

青々とした髭剃り跡を手でこすりながら、克人さんはしきりにぼやいていた。

# マリン

秀悟さんは二十代の頃よく都心の某ラブホテル街を利用していたが、とくに金欠気味のとき使う古くて安いホテルがあった。外観はかなり昭和っぽくて爛れた不倫カップル向けのムードだったけれど、中はリフォームされて意外ときれいだったので気の置けない子相手ならぎりぎり入っても大丈夫かな？　というレベルだと秀悟さんは判断していた。

あるときバイト先で最近仲良くなった女の子と飲みにいき、流れでホテルに行くことになった。だが週末で混んでいて満室のところが多く、迷っているうちにさらに選択肢が減ってきたので秀悟さんは例の昭和っぽいホテルに誘ってみたという。

するとその子は「ここレトロでちょっと来てみたかったんだよね」と言うのですぐ

に決まった。

ロビーに入るとさすがにその晩は光っているパネルが残り二つしかなく、やや広そうに見えるほうの部屋のボタンを押した。たぶん初めて入る部屋だなと思いつつエレベーターに乗り、鍵の番号のドアの前に立つと女の子が「なんか変」と言った。何が？と秀悟さんが訊ねると「マリンの匂いがする」と言って鼻をくんくんさせている。

「マリンって何？」

「実家で飼ってる犬なの」

浜松にある実家で飼われている、彼女が子供の頃から可愛がってきた老犬の匂いがこのホテルの廊下でしているというのだ。

気のせいだよ、と言って秀悟さんはどうにかその子を部屋へ入れたが、まだ彼女は鼻をくんくんさせながらバスルームや冷蔵庫を覗いて首をかしげていた。

それから秀悟さんはずっと上の空な様子の彼女がシャワーを浴びるのも手伝って、

「マリンに何かあったのかも」と携帯で実家と連絡を取ろうとする彼女をなだめすかしてどうにかすることをして、シャワーを浴びて部屋にもどってくると彼女は裸のままベッドに座って電話で誰かと話していた。

「……じゃなくてさあ、さっきから訊いてるでしょ。マリンのことだけ教えてくれればいいから。マリンは元気なの？　あたし？　あたしは元気に決まってるでしょ。その糞みたいな家から出てって以来あたしはずっとものすごーく元気だよ。おまえらの醜い顔見なくて済むだけでなあ、頭のまわりから黒い雲が晴れてスッキリ！　もう最高！　すげえ快適！　まじ天国！　おまえらみたいな最低の糞親のいる糞実家とくらべたら世界中どこでも天国に決まってんだろバーカ！　ウジ虫！　ミミズ野郎！　腐れカボチャ！」

そう叫んだ彼女はいきなり携帯を床に投げ捨てると「糞が！」と吐き捨てた。唖然として立ち尽くしている秀悟さんに気づいても悪びれることなく「マリンたぶん元気みたい、よかったー」と笑顔を見せてバッグからピルケースを取り出すと、彼女は錠

剤を手のひらにじゃらっとあけてペットボトルの水で飲み込んだ。それから大きなあくびを一つすると、

「あたし変な寝言言うかもしれないけど気にしないでね、おやすみなさい」

そう言ってベッドに潜り込んでほどなく寝息をたて始めたという。


秀悟さんはしばらく寝付けなかったが、ようやく眠りかけたかと思うと人の気配を感じて目覚めた。見れば彼女が起きて何かしているのか、暗く絞った明かりの中で毛皮のようなものを着た背中がうごめいている。

彼女今日こんな上着だったっけ？　そう思って目を凝らすとその背中は少しずつ床を移動して浴室のほうへ四つん這いのまま歩いていった。気になって身を乗り出そうとしたとき、掛けていた毛布が引っ張られる感覚がして振り返ると彼女の寝顔があった。

「ちょっと起きて！　部屋に誰かいる！」

小声で言いながら秀悟さんは彼女の肩を揺すったが、ぐっすり熟睡しているようで

目覚める気配がなかった。そうしているうちに毛皮の背中は浴室のドアを開けて中に入っていくのが見えた。そのときわかったのは背中だけでなく手も尻も足も毛むくじゃらで、ちらっと見えた横顔も毛に覆われていたことだ。そして毛だらけの尻にはやはり毛だらけの長いしっぽがぶら下がっていた。

いつのまにか部屋には目に染みるような悪臭が充満していた。犬の小便を浴び続けた電柱の臭いをさらに濃く煮詰めたような臭い。だが浴室に消えていったあれは犬ではなく、体つきも膝関節の向きもあきらかに人間だった。

彼女を起こすのをあきらめた秀悟さんはフロントに電話しようと枕元に手を伸ばす。受話器を耳に当てるといきなり女の人の笑い声が聞こえてきたので、小声で「フロントですか?」と訊いたら笑い声が一気に大きくなって切れた。思わずベッドの彼女の寝顔を見てしまったのは、それが彼女の笑い声とよく似ていたからだ。

受話器を置いてベッドを出た秀悟さんがバスローブを羽織り、覚悟を決めて浴室の前に立つと臭いがいっそう強くなって思わずローブの袖で顔を覆ったという。浴室のドアを開けるのと同時に照明のスイッチを入れると、毛むくじゃらの背中を丸めたものが浴槽に首を突っ込み、ぴちゃぴちゃと音を立てて残り湯を飲んでいる姿が目に入った。

「マリン……んー、おまえほんとかわいいねえ……」

そのとき背後のベッドから彼女の寝言が聞こえてきたという。

彼女のその声に反応するように毛むくじゃらのものは湯を飲むのを中断し、顔を上げてこちらを見た。

だがそいつの顔はただ毛が生えているだけで何もないものだった。

目も鼻も耳も、お湯を飲んでいたはずの舌を出す口も見当たらず、ただ人間の頭部の形をした毛玉で、何もない毛だらけの表面をじっと秀悟さんに向けて「うん、うん」と二度軽くうなずくのが見えた。

気がつくと秀悟さんはベッドの横の床にうつ伏せに倒れていた。バスローブのはだけた体は冷え切っていて、しがみつくようにして這い上がったベッドの上では相変わらず彼女が寝息を立てている。

秀悟さんは部屋の明かりを煌々と灯したのち、恐る恐る浴室を覗いたがそこにはすでに誰もいなかったそうだ。そういえば部屋の悪臭はすっかり消え去っており、もしかしたら夢だったのかなと秀悟さんは思いながら床を見たら彼女が投げ捨てた携帯が裏返しに落ちていた。何気なく拾い上げると声が聞こえてきて、思わず耳に当てたら通話状態のままで、ゆうべ部屋の電話から聞こえたのと同じ女の人の笑い声がけらけらと聞こえてきたので、彼は悲鳴を上げて携帯を投げ捨てた。


それからあわてて服を着て、熟睡している彼女を置いたまま部屋を飛び出したという。

以後バイトに現れなくなった彼女は浜松の実家に帰ったらしいという話を人づてに聞いた。

秀悟さんは女の人の笑い声がすっかり苦手になってしまった。

# 火

　雄五郎さんが以前上司と喧嘩して辞めた会社は、会社の入っているビルの裏がかつて大火災で多数の死者を出した現場だったせいか、夜になるとおかしなことがよく起きた。窓がいきなりバン！　と叩かれる音がして驚いて見ると外側から手形がついていたりする。

　最後の出勤日に雄五郎さんは辞める原因になった上司の名刺を一枚失敬して、帰りに火災現場に現在建っている某施設の敷地内でそっとその名刺を燃やして灰を憎しみを込めて踏みつけてきたという。

「それが効いたのかわかんないですけど、半月くらい後に帰宅してすぐコンロの火つけたらマフラーに燃え移って、振り落とそうとしたらなぜか蛇みたいにマフラーのほうから絡まってきてぎゅうぎゅう締めつけて取れなくて、おかげで顔面燃えちゃって左目失明したんですよね。元上司じゃなくておれがですけど」

火傷の痕も痛々しい顔で雄五郎さんはそう語ってくれた。

そのとき火のついたマフラーの先端が竜の頭のような形になって口を開くのをたしかに見たという。

風の噂に聞くかぎり、問題の上司は今でもピンピンしているそうだ。

# 蛍光灯

譲司さんが十年ちょっと前にバイトしていた職場は雑居ビルの一室だった。そのビルは二つの古いビルが背中合わせに繋がったような複雑なつくりで、バイト先はビルAの方にあるけれど、譲司さんの使う駅からだとビルBのほうが近い。だからビルBの中を通り抜けて通勤していたのだが、途中に蛍光灯が切れかけていつもちらちら明滅している薄暗い通路があった。

窓がない場所なので昼夜関係なく薄暗いのだが、帰りが遅くなると建物内の人気もなくなるのでよけい寂しくて気味が悪い。だがそこを通らないとかなり遠回りになってしまうから、譲司さんはだいたい毎日その切れかけの光の中を通り抜けていた。

いつも仕事の帰りは夜の七時か八時くらいだったという。だがその日譲司さんは初めて終電近くまで職場に残ったそうだ。他のバイトはみんな帰って譲司さんだけが作業をしていたが、後は社員でやるからと言われて帰されたのが十一時過ぎだった。

職場を出るとビルの中を歩いていつもの通路を通りかかった。蛍光灯がちらちらと激しく点滅を続けている。どうして交換しないんだろうなと、いつも思うけれどあらためて思いながら歩いていくと、少し先で扉が開いて中から女の人が顔を覗かせた。

地味なジャケットを着た四十歳くらいの女性が睨むような目でじっと見ている。この辺りを歩いて人に会ったことがなかった譲司さんは少し焦って、

「ここなんで蛍光灯換えないんですかねえ、通るたび気になっちゃうんですけど。ずっとちらちらしてますよねえ」

いかにも「毎日ここを通っている関係者です」とアピールするような、軽い感じでそう語りかけたという。すると女の人は、

「ちらちら？　はあ？　何の話でしょうか？」

険しい表情をして刺々しい口調でそう言った。

「いやほら、蛍光灯が切れかかってるっていうか、たぶんこれもうすぐ切れちゃいますよね。そしたら真っ暗になっちゃうし、今のうちに交換したほうが……」

そう彼が言い終わる前に女の人は、

「ちらちら？　全然してませんけど。変なこと言わないでください」

そうきっぱりと言ってすごい顔で睨みつけてきたので、譲司さんは「これはちょっとアレな人だな」と思って話が通じないと判断し、黙って会釈して通り過ぎようとしたという。すると、

「ママー、何がちらちらちらなのー」

そう言いながら小さな子供がドアの陰から現れて、女の人の腰の辺りにしがみつくのが見えた。その姿を見て譲司さんは「えっ」と小さく叫んで立ちすくんでしまった。

女児向けキャラクターが描かれたシャツを着てスカートをはいたその子供は、頭部がソープディッシュに貼りついた石鹸みたいに薄かった。そこに毛糸でつくったような髪の毛がまばらに両側に垂れ、色鉛筆で描いたみたいな雑な顔が貼りついていたという。

見間違いだと思って何度もたしかめたが、その薄い頭以外の頭部がどこにも見当た

らなかった。

「ママー、何がちらちらなのー、ねえママー、どうしてご飯つくってくれないのー」

そう母親に向かって子供が身をよじるように訴える声に合わせて、いいかげんな線で描かれて色のはみ出した唇がひくひく動いている。

「ちらちらなんてしてませんよ、変なこと言わないでください」

女の人はその子供を無視して譲司さんに向かって凄むようにくり返した。

譲司さんは猛ダッシュでその場を逃げ出して気がついたら駅のホームで柱にすがるようにしゃがみ込んでいた。


次の日譲司さんは通勤路を大回りして、いつもの通路を通らずに出勤したという。

そして担当の社員の人にゆうべのことを話そうとしたが、そのまま話しても信じてもらえないと思って「ここから裏のビルのほうへ行くと蛍光灯が切れかかってる場所あるのわかりますか?」そう探りを入れてみたところ、

「ああ、なんか団扇みたいな頭の親子が住んでる部屋があるよな」

そう返事がかえってきたので驚いて譲司さんが絶句していると、

「今度よく見てみな、母親のほうもあれとおんなじ頭だから」

社員は表情も変えず付け加えて自分の仕事にもどってしまった。

譲司さんはその日でバイトを辞めた。

# 骨壺

イラストレーターWさんの兄の久男さんの話。

久男さんは基本怠惰な性格で、家業の食堂を少し手伝うほかは地元の少年野球チームの監督をしていた。だがアルコールの入った状態での指導や体罰が保護者の間で問題になり、監督をクビになると食堂のほうもろくに手伝わず日中から酒浸りの生活を送るようになった。

そんな久男さんの酒以外の唯一の楽しみと言っていいのが旅行だったが、今は金がないうえにそのほとんどを酒に換えてしまうのでどこへも行けない。シラフのときは「これからは心を入れ替えて働いて金を貯め、月に一度はどこか温泉宿にでも泊まりに行こう」と考えるのだが、どこに泊まろうかとネットで温泉を検索し始めると楽しくなって酒を飲み始めてしまい、気がつくと近所のスナックに来ていて顔見知りの客相手に何やら怒鳴り合いをしており、相手に水をぶっかけてママに店を追い出されてそのまま出禁に、といったことをくり返していた。

そんな久男さんがある日、昼頃起きてきて居間で缶酎ハイを飲んでいると、誰かが玄関で呼んだような気がした。母親の声のような気もしたが、今は店に出ているはずの時間だ。立ち上がって見にいくとドアの外には短い髪のボーイッシュな雰囲気の若い女性が立っていた。

女性はKと名乗り、以前少年野球のチームでお世話になった者ですと言った。たしかに久男さんが監督をしていたとき、何人か野球好きの女の子もチームにいたことがある。女性の顔に見覚えはないがKという名前にはなんとなく心当たりがあるような気がした。

それに久男さんが本格的に酒に溺れる前に見ていた子たちは、チームを卒業後もたまに連絡を取ってきたり、律儀に年賀状などを送ってくる子もいた。だから突然の訪問にとまどいつつもそれほど不思議には思わず久男さんはその女性を家に上げたそうだ。

いちおう飲みかけの缶酎ハイを片付けてコーヒーを淹れたりして、しばらくその女性と話をした。彼女の語る思い出話はずいぶんぼんやりした具体性に欠けるもので、どの年のチームの話としても通用しそうな内容ばかりだった。それとなく具体的なエピソードや固有名詞をさしむけても、はぐらかすように別の話になってしまう。

しかも最初のうちは久男さんのことを「監督」と呼んでいたのに、気がつくと途中から「久男さん」と名前呼びになっていたという。苗字ならともかく下の名前で呼ぶのはよほど親しい人間だけで違和感があったが、なぜか女性の醸し出す空気に呑まれて、久男さんはそれでいいような気分になってしまっていた。

そのせいか女性が急に立ち上がって、

「じゃあそろそろ行きましょうか」

そう告げたときも素直に「そうだな」と言って上着を取りに行き、羽織って靴を履くと玄関の外で待っている女性の後をついて道を歩き出したのだ。

家の前の道は右にまっすぐ進むとバス通りに突き当たるのだが、このときたしかに右へ進んだのにいつまでもバス通りには出ず、かわりに見たことのないような古い寺の境内に出たという。ここはどこだろうと首をかしげつつ、先に立って女性が招くのに従って本堂の裏に回ると墓地があった。

ところがこの墓地は敷石だけがずらっと並べられていて、墓石の上の部分が見当たらなかった。まるでつくりかけの霊園のようだが敷石は古そうで汚れてもいて、そんな中にひとつだけぽつんと表面に花の絵の浮いた骨壺が置かれている敷石があったという。

女性は墓地に入ると真っすぐその骨壺がある所へ向かって歩いていった。久男さんはそれを見て嫌な感じがして一瞬足が止まったが、手招きされてから渋々近づいていくと骨壺を胸に抱えた女性が「どうぞ」と言っておもむろに手渡してきた。

「これが久男さんの分」

それからしゃがみ込んで地面を探るように両手を動かしていたが、やがて立ち上がると左右の手を合わせて久男さんの目の前に差し出した。

「これが私の分」

彼女の手のひらには小さな山になっている黒土と、そこから何本も飛び出している鳥か何か小さな生き物の骨が見えていた。

女性は久男さんに壺の蓋を開けるように言った。久男さんが従うと壺の中には目に鮮やかな白い骨がぎっしり詰まっていて、そこに女性は手のひらの土と骨をさらさらと落としていった。


それから久男さんは女性に何かを命じられたような気がするが、何を命じられたのかまるで覚えていない。来た道を引き返してくるあいだずっと「久男さんの分は一生の物、けっして手放してはいけない素敵な宝物」という声が耳元でくり返し聞こえていたそうだが、途中でそれは自分自身がつぶやく声だと気がついたという。

食堂を閉めて帰宅した両親は、居間のテーブルに骨壺を置いて虚ろな目で見つめている久男さんを発見して「酒の飲み過ぎで息子はとうとうおかしくなった」と思ったそうだ。

泥酔して墓から盗んできたのではと疑われた骨壺の中身はからっぽだった。どこで手に入れたのか不明なその壺には砂粒ひとつ入っていなかったという。

「それから兄貴は家の近所はもちろん、市内や県内の寺院をしらみ潰しに回ってみたらしいけど、あの日骨壺を渡された寺と墓地は見つけられなかったそうです。でも絶対どこかに実在してるとしか兄貴には思えないらしくて、最近じゃ旅行の趣味も復活して全国の寺院を少しずつ順番に訪ねて回ってるみたいですよ。あ、骨壺は気味が悪いからと言って母親が捨ててしまったらしいです。兄貴はずいぶん抵抗したらしいけど」

Wさんはそう語っていた。

# 手の足

倫子さんは子供の頃、動物園の裏手にある家に住んでいた。

公園の敷地内にある小さな動物園だから、飼育されているのも小さなおとなしい動物が中心だった。だが倫子さんはごく幼い頃に一度、遊びに来た祖父に連れられて入ったことがあるだけなので、園内の記憶をほとんど持っていない。

父親が動物園を嫌っていて、行ってはいけないと禁じられていたのだ。

あそこは動物を虐待している、その証拠に夜な夜な虐められる動物たちの声が聞こえてくるだろと父親は主張していた。

たしかに風に乗って鳥獣の鳴き声が家まで届くことはあるが、それが虐待されている声だとは倫子さんには思えなかった。

だが父親は動物たちの声が聞こえることを嫌がって、業者を呼び窓に防音工事を施したり、うっかり聞いてしまった後は不機嫌になって部屋でずっと布団を被っていることもあった。

そんなに嫌ならば引っ越せばいいのにと倫子さんは思ったし、現に両親の間でそういう話が出ることもあったようだが、毎回いつのまにか立ち消えになっていたそうだ。

そしてある日の晩、夕食を終えて居間で新聞を読んでいた父親が急にそわそわし始めた。

どうしたんですかと母親が訊ねても、上の空の返事でどうやら外を気にしているらしい。倫子さんは耳を澄ませてみたが何も聞こえなかった。風もない静かな晩だ。

父親は立ち上がってカーテンに覆われた窓に耳をあてた。それから苛立っているときいつもするように爪を噛みながら、

「猿が来たぞ」

そうつぶやいたという。

倫子さんは母親と顔を見合わせた。母の顔は不安げに曇っている。

「動物園から逃げてきたんだ」

父親はそう言いながらいきなりカーテンを開けて、窓の錠に手をかけた。

がらがらと音を立てて窓が開け放たれ、部屋と外の空気が一瞬でつながる。

そのとき父の背中越しに覗き込んだ倫子さんが見たのは〈猿の足〉だったという。

親指の長い、まるで人の手のような猿特有の毛深い足が家の裏のゆるく斜面になった地面に立っていたのだ。

一匹ではなく、ざっと見渡しても五、六匹はいるようだ。

それがさらに続々と増え続けているように見える。

だが窓から漏れる光に照らされているのは足だけで、その上にあるべき猿の体が見当たらなかった。

毛深い人の手のような足だけが数十組、闇の中にじっとこちら向きに立っていた。

人の手のような――。

父親が無言で窓を閉めて錠をもどした。

そしてカーテンを引くと背を向けて大きくため息をついた。

「すまんな、父さんの勘違いだ」

それだけ言ってイグサの座布団に腰を下ろすと、ふたたび新聞を読み始める。

その後も倫子さんの一家は四年間その家に住んでいた。
〈猿〉が逃げてきたのは結局その晩一度きりだったとのことだ。

# 同級生の通夜

大学職員の宏一さんが小学生の頃の話。

同じクラスのキノシタケンヤが亡くなったと聞いてお通夜に行くことになったという。

そういうときはクラスのみんなで連れ立って、担任に引率されて行くような気がするが、なぜかそうではなくSとTという二人の同級生と夕暮れに神社の前で待ち合わせた。

入学式のような恰好をしたお互いを指さして笑った後、キノシタ家に向かって出発した。

宏一さんはキノシタケンヤとあまり遊んだことがないので家を知らない。だがSと

Tはどちらも遊びに行ったことがあるらしいから、宏一さんは二人の後をついていった。

　ところがある十字路に差し掛かったところで二人が揉め始めた。

　Sはキノシタ家は道をまっすぐ進んだ先だと言い、Tは右へ折れた方角にあると主張するのだ。

　宏一さんはあきれて、おまえら本当にキノシタん家行ったことあるのかと訊いた。だが二人とも確かに行ったし間違いなくこっちだと言って譲らなかった。

　そこでじゃんけんして勝った順に両方行ってみようという話になった。

　Sが勝ったので三人は十字路をまっすぐ進んでいった。

　すると畑の中にぽつんと建つ家があって、まわりを鯨幕で囲まれ大きな花環が並べられていた。

　ほら言ったとおりだろ、と得意顔のSに対しTは不満げに何かぶつぶつ言っている。

　三人は家の敷地に入ってみたが、しんと静まっていて人の気配がしなかった。

　すみませーん、と宏一さんは声を掛けたが誰かが顔を出すこともなく、返事もない。

　どうしたんだろう？　と首をかしげているとTが、

「だから言っただろう」

と妙に得意げに言う。

「こっちじゃないんだって、キノシタん家はあそこで右折するんだよ」

「ここがキノシタん家だろうが」

そう言い返すSとまた揉めそうになったので宏一さんが仲裁した。

「じゃあ一応むこうにも行ってみようよ、どうせここ誰もいないみたいだしさ」

三人は道を引き返し、十字路までもどるとTの主張する方向へと歩を進めた。

すると崖の下に形の崩れかけたようなボロ家が建っていた。

ここがキノシタケンヤの家だとTは言う。

だが鯨幕も花環も出ていないし、とても通夜の家のようには見えなかった。

すみませーん、とTが声をかけると疲れた顔のおばさんが顔を出した。

「あの、ケンヤくんの……」

そうTが言い終わる前に、

「ケンヤー、お友達が来てるよー！」

おばさんは家の奥に向かってそう大声を出した。

すぐにぱたぱたと足音がして、キノシタケンヤが玄関に顔を見せた。

「えっどうしたの？　おまえらなんでそんな変な格好してるの？」

笑いと困惑の混じったような顔で宏一さんたちの姿を見渡していた。

三人は顔を見合わせて、適当に話をごまかしてその場を立ち去ったそうだ。


「そんなことがあったおかげで、おれたち三人はキノシタケンヤの通夜に行きそびれたんですよ」

宏一さんはそう語る。

通夜は最初に三人が訪れた家で予定通り行われていたらしい。

誰もいなかったと主張しても、出席した生徒たちにそんなはずがないと言われた。家の前に案内の者が立っていたし、敷地内には人が大勢いてにぎやかなほどだったそうだ。

「だから三人で示し合わせて、どこかで遊んでたんだろうって疑われたんです。ありのままの事実を話しても当然信じてはもらえませんでした」

後日三人は、Tがキノシタケンヤの家だと主張していたボロ家を訪れてみた。

だが崖下にある家は廃屋で誰も住んでいなかったという。

Tはたしかにこの家でキノシタケンヤと人生ゲームをしたことがあると主張していた。

それもほんの数か月前のことだったそうだ。

# 落ちていた花瓶

小坂さんが取引先の担当者から聞いた話。舞台になっている場所は聞かなかったそうだが、担当者は四国の人なのでおそらく四国だろうとのこと。

ある六十代のホームレスの男性がいた。ホームレスではあるが地元の生まれで、彼の両親を知っている人や彼が子供の頃のことを知っている人が地元には結構いたらしい。

その男性がある冬の朝に遺体で発見された。事件性はなく病死だったそうだ。

先に述べたような事情で地元の老人たちに知己が多かったので、男性のために公民館でささやかな葬儀が営まれたという。

葬儀の後、ひと月ほど経った頃から参列した人たちが川べりでそのホームレス男性の姿を見るようになった。

彼のねぐらであったビニールシートの家はすでに撤去されていたが、家があった辺りを死んだはずの男性がゆらゆらと歩いているのが目撃されたのだ。

何か心残りがあって魂が迷っているのでは？　そんな話になって川べりを調べてみると、地面に半ば埋もれるように落ちていた陶器の花瓶が見つかった。

それが男性の持ち物なのか、たまたま近くに捨てられていたものなのかは不明だが、他に手がかりもないのでその花瓶を男性の埋葬された寺に持ち込み、供養してもらうことになった。


だが住職は花瓶を見ると首をひねり、何か気になることがある様子でしきりに撫でまわすように調べている。

「これ、中に何か書いてあるようですな」

やがてそう言って花瓶の口を見せたので、誰かが懐中電灯を持ってきて内部を照らしてみた。

するとたしかに、内側に人の顔のような絵が描かれているのがわかる。

だが壺状になった陶器の内側にどうやって絵など描けるのだろう。何かそういう特殊な方法があるのかもしれないが、その花瓶はありふれた安物に見えるし、描かれている絵もかなり稚拙なものだった。

ただ、眉毛や目鼻の形の特徴が亡くなったホームレスの男性とよく似ているように思えたのである。

ホームレスになる前の若い頃、髭面《ひげづら》長髪でない頃の彼ならもっと似ていただろう。

そんなことをわいわいと言い合いながら、老人たちは花瓶を順番に回して中を覗き込んでいた。

その中の一人がうっかり手を滑らせて花瓶を床に落としてしまった。

音を立てて割れた花瓶を前に全員からはーっとため息が漏れた。

ところが不思議なことに、床に散らばったどの破片を見ても内側に描かれていたはずの男の顔が見当たらなかったそうだ。

べつに粉々になったわけではなく、簡単に継ぎ合わせられそうな大きな欠片ばかりなのだが、裏返してもさっきまで見えていた人の顔がどこにもない。

顔の輪郭の線一本さえ見当たらず、すっかり空白になってしまっていた。

なんとも不思議なことではあるが、こういうこともあるのだと納得するほかなかった。花瓶の破片は集められて、住職により懇《ねんご》ろな供養の後お焚き上げされた。

# お喋りな運転手

怖い話？　そうだねえ、こないだ私タクシーに乗ったんだけどね。

駅から自宅までの短い距離なんだけど、お喋りな運転手さんでね、話がずっと途切れないんだ。

時事ネタから近所に新しくできた店のことやら、家族や友達のことやら。こっちが合いの手挟む隙もないくらい次々と話題が変わって、しかも話が面白い。だからまあラジオでも聞いてるようなつもりで楽しく聞き流してたんだ。

そしたら運転手さんの話し声に重なるようにもう一つ声が聞こえてきたんだよね。

運転手さんは初老の男性なんだけど、そっちは子供みたいな声。たぶん女の子だな。

その女の子の声が、何かぼそぼそっと喋って、すすり泣くみたいな鼻声を出して。

でもラジオや無線の声じゃなくてあきらかに室内から聞こえたんだよ。思わず耳を澄ませたんだけど、運転手さんの声がひときわ大きくなってそっちの声はかき消されちゃった。

気のせいかなと思って運転手さんの話を聞いてたら、また女の子の声がしたんだよね。

今度は自分のすぐ耳もと辺りではっきりと「パパごめんなさいもうぶたないで」って絞り出すような鼻声で。

びっくりしてエッて声が出ちゃったけど運転手さんはその女の子の声も、私の声も聞こえないみたいに相変わらずお喋りを続けてて。

でもそんなはずないんだよ、運転手さんの喋り方がもうムキになってるっていうかさ、あきらかに早口になってたし、怒ってるのかと思うほど声張っちゃってて。

結局家に着いて金払って、釣りを受け取るときもずっと運転手さんのお喋りは続いてたんだけどね。

だからあの運転手さんはべつにお喋り好きでもなんでもないんだろうな。

客にあの〈声〉のこと突っ込まれる隙をつくらないように必死なんだよ。

# うどんすき

晴子さんは五十代の女性。小学校に上がるかどうかという当時に、自宅の隣家が火事で全焼したことがあったという。

煙草の不始末が原因だったようで、灰皿の横で昼寝中だった隣家のお婆さんが逃げ遅れて焼死したとのこと。

晴子さんの家には幸いほとんど被害がなかったようだ。狭い土地に寄り添って建つ住宅どうしでそれじたいも奇跡的に思えるが、晴子さんにはさらに奇妙な記憶があった。

燃えさかる隣家の様子を窓の外に眺めながら、自宅の居間で家族三人そろって食事をしている場面の記憶である。

何を食べていたかまで覚えている。「うどんすき」だそうだ。うどんや様々な具材を煮込んでつくる寄せ鍋のような料理である。

晴子さんの両親はちょっと浮世離れしたところのある人たちだったが、それにしても今にも軒に火が燃え移りそうな状態で避難もせず、のんびり食事をしているなど尋常ではない。

だから晴子さんはこれを偽《にせ》の記憶、後から作り上げたか夢で見た光景との混同だろうと思っていた。

ところが最近再婚した同い年の夫にこの話をしたところ、彼にも似たような記憶があることがわかったのだ。

ただし夫の場合は火事ではなく、巨大怪獣が町を破壊して回っている光景である。

それを一家全員でリビングの窓から眺めながら食事をしていた記憶があるのだという。

そのとき食べていたのはやはり「うどんすき」だった。

怪獣が現実に町を破壊したことはないはずだから、夫の記憶はあきらかに捏造《ねつぞう》されたものだ。

似たような偽の記憶を持つ二人が結婚したのは偶然の一致だろう。

だが「うどんすき」はどうなのか。どちらの家庭でもこの記憶の日以外にうどんすきを食べた覚えがなかった。つまりまったく日常的な食べ物ではなかったのだ。

だからその他の点は偶然で説明がつくとしても「うどんすき」には何かあるとしか思えない、という結論に達したそうだ。

我々夫婦にとって、きっと特別な料理なのであろうと。

だから結婚一周年の記念日の夕食は、うどんすきにした。

結婚記念日は七月なので、部屋をエアコンでキンキンに冷やしながら晴子さんたちはうどんすきを食べた。

食べていると、窓の外で爆発音のようなものが聞こえたという。

何だろうとベランダに出てみると、川向こうの工場から煙が上がっている。

黒煙の底に赤い炎がちらつき、やがてサイレンが鳴り響き消防車や救急車が何台も駆けつける騒然とした状態に二人は記憶とは違って、とても食事どころではなくなった。この火災では複数の死傷者が出たことがニュースでも報じられている。

この日をもって、夫妻の間でうどんすきは封印されたそうだ。

# ピアニスト

東京都某区に亜左子さんが昔住んでいたマンションが今もある。二十年以上前の話だから現在も続いていることなのかは不明だが、このマンションの六階の一室で暮らしていたとき彼女はよく窓から鬼のような顔が覗くのを見た。

鬼のようなというのは表情や、酔っ払いのような赤ら顔のところが鬼っぽいという意味で、角や牙が生えていたわけではないそうだ。

その窓の下には人が立てるような足場は何もなかった。顔はじっと中を覗き込むようにして数秒間いたのちに消える。落ちていったという感じではなく、まさに消える感じで見えなくなったという。

「カーテンを閉めたりとか、窓を目隠しするようなことはしなかったんですか」

そう訊ねると彼女は「怖くてできなかったですね」と答えた。

「だって鬼みたいな顔ですからね。覗こうと思ったとき窓が塞がれてたら、怒って何するかわからないじゃないですか。だからとりあえず覗かれる以外の被害はなかったし、好きに覗かせておけばこれ以上悪くはならないかなって」

鬼のような顔を見られるのが嫌で部屋に他人を入れなかった亜左子さんだが、一度田舎から母親が上京したときに泊めたことがあった。

「いつもだいたい夜遅くに覗かれるから、早く寝かせちゃえば大丈夫だと思って早く布団敷いて寝る体制にしちゃったんですよ」

おかげで旅の疲れもある母はすぐに寝息をたて始め、亜左子さんも眠りについた。

夜中に突然揺り起こされて目を覚ました亜左子さんは、母親がすごい形相で覗き込んでいるのを見て「鬼を見ちゃったのか？」と思ったそうだ。

「でも母が言ったのは『お隣のピアノがうるさくて寝られないから、文句言ってきてくれない？』でした。でも耳を澄ませてもピアノなんて聞こえないから、ピアノなんて鳴ってないじゃないって言ったら『ちょっと前までこっちから聞こえてた』って壁を指さしたんです」

それは〈鬼〉が覗き込む窓がある壁だったという。

「当然そっちに部屋はないし、道路を挟んだむこうもオフィスビルだから夜中にピアノ弾いてる人いるわけないし」

だが母親にはそのことは黙っていて、もう静かになったからいいじゃないと言って話を終わらせたそうだ。

以後亜左子さんはそれまで内心で〈鬼〉と呼んできた窓の赤ら顔のことを〈ピアニスト〉と呼ぶようになった。

ピアニストは彼女が引っ越してしまうまで時々部屋を覗き込むことをやめなかった。

だが亜左子さんがピアノの音を聞くことは最後までなかったそうだ。

# ラーメン屋

約三十年前のこと。高校を中退してぶらぶらしていた将則さんはそのことで度々親と喧嘩しては家出をくり返していた。家出中は基本的には友人や先輩、女の部屋を転々としていたけれど、何日か野宿もしたそうだ。

あるとき公園のあずまやで一泊して、よく眠れずに明け方ふらふらと歩いているとラーメン屋があったという。営業中らしいが金の持ち合わせがないので、せめて匂いをよく嗅いでおこうと換気扇のそばに立っていたら店の引き戸ががらがらと開いた。

そこから顔を出したのは偶然にも中学時代の担任の男性教師だった。ようひさしぶりだな、と声をかけてきた担任に会うのは五年ぶりくらいだが元気そうだ。挨拶を返すと担任は何も訊かずに彼を店に招き入れ、ラーメンを一杯奢ってくれた。

しばらく雑談をして担任とは別れたが、歩いているうちに将則さんはお腹が痛くなってきた。どうにも我慢できなくなり、道端にしゃがみ込んでゲーゲーと胃の中身を吐いてしまったそうだ。すると路傍に広がった吐瀉物はたった今食べたばかりのラーメンの麺や具ではなく、小さなネジや輪ゴム、それに派手な色のプラスチック片らしきものが大量に混じっていたという。

どうにか吐き切って楽になった将則さんは、あのラーメン屋がろくでもないものを食わせたのだと思い、いきり立って道を引き返した。

だがどこまでもどってもラーメン屋が見当たらない。赤くて目立つ看板だから見落とすはずがないと思い、探し回っているうちに陽が高くなって薄暗かった周囲に朝日が差し込んできた。

すると草むした空き地に見えた場所が有刺鉄線に囲まれた空家の群れだとわかった。再開発で取り壊される前のそれらの家の中にラーメン屋も見つかった。たしかにさっき見た看板だと思ったが有刺鉄線に阻まれて近づけないし、当然営業している気配はない。

そのひび割れた建物の壁を見ているうちに将則さんはまた吐き気がこみ上げてきた、その場でえずいたが吐くものがないので胃液だけ吐いて苦しんでいると、突然何か丸いものが口から飛び出して道路を転がった。拾い上げてみたらそれは地球儀の柄が印刷されたスーパーボールだったという。

どうしてこんなものが口から？　としばらく眺めていたが急に気味が悪くなったので近くの草の中に放り捨てるとてその場を立ち去った。


後日中学時代の同級生にこのときの話をしたところ、

「ラーメン奢ってくれた担任ってN先生のことか？　だったら授業のときいつも地球儀持ってきて机に置いてただろ？　それと関係あるんじゃね？」

そう言われてみて将則さんは思い出したのだが、たしかにN先生は社会科の先生で毎回授業にとくに使うあてもない地球儀を持ってきて机の上に置くのが習慣になっていた。

「おれ結局一度も先生が地球儀使うの見たことない気がするな」

同級生はそう言って笑っていた。

彼の話ではN先生はもう何年も前に教師を辞めてしまって、地元からも離れてどこに住んでいるのかもわからないとのことだった。

この妙な体験の後遺症なのか将則さんはラーメンを食べると必ず吐く体質になってしまった。

嫌いになったわけではなくむしろ今でも好物だが、胃が受け付けず食べた傍から吐いてしまう。

ただし吐瀉物にカラフルな異物は混じっておらず、ちゃんと未消化の麺が出てくるそうだ。

# 暗いカップル

怖い話ないかって？　そういえばこないだ親の法事でひさしぶりに弟に会ったら、こんな話聞いたよ。

弟が仕事の後、部下を何人か連れて居酒屋で飲んでたらしいんだよね。職場近くの安くて学生も飲んでるような店。

しばらく社長の悪口なんか言いながら飲んでたら、部下の一人が「あいつら暗いっすね」って急に店の奥を指さしたんだって。

見たら隅のほうにすごく陰気な感じのカップルがいて。見るからに揉めてるなって感じの、別れ話の最中なのかなって印象のカップル。

男の浮気っすかねー、なんて言いながら部下がスマホ出して写真撮ろうとしたから

「おいやめとけよ」って弟は注意したらしいけど部下はシャッター押しちゃって。

そしたらカップルの男のほうがちらっとこっち見たらしいんだよね。

案の定立ち上がってこっちに来るから「さっさと謝っとけよ」って弟は部下に言ったんだけど、部下はなぜかぽかんとした顔して反応が鈍いんだって。

そしたら男がテーブルの横に立って、

「今写真撮りましたよね?」

って言ったらしいの。

ぽかんとしてる部下に代わって弟が「すみません、こいつ酔っ払って失礼なことしちゃって。今データ消させますから」って謝ったらしいんだけど。そしたら、

「いえ消さなくていいから、その写真ぼくに下さい」

そう男が言ったんだって。

意味がわかんなくて返答に困ってたら、

「写真にハルミが写ってるでしょ?　それ下さい、ハルミの写真下さい」

とかなんとか、男が部下の胸ぐら掴む勢いで迫ってきたから弟にあわてちゃって。部下をせかして、今撮った写真をとにかくスマホに表示させたんだって。そしたら二人掛けのテーブルに男がぽつんと一人で暗い顔で写ってて、向かいに座ってたはずの女が写ってないの。

えっどうして？　と思って弟たちは男がいたテーブルのほう見たんだけど、そこもいつのまにか女がいなくなってて。

なんかテーブルにグラスも一つしかないし皿も少なくて、もともと一人で座ってた席にしか見えなかったんだって。

そしたら男はすごくがっかりしたような声で、

「やっぱりハルミ写ってないのか」

そう言いながら肩を落として自分のテーブルにもどって、それから弟たちが帰るまでずっと一人でうつむいて座ってたらしいよ。

それでさ、男の写真を隠し撮りしたその部下なんだけど「変な頭痛がするから」って言って、最近ずっと会社出てこなくて困ってるらしいんだよね。

だから弟に「変な頭痛ってどういうこと?」って訊いたら、部下いわく人の言葉みたいに聞こえる頭痛なんだって。

頭の中でハルミユルシテー、ハルミユルシテーって聞こえるんだってさ。

# 屋上の話

今から約三十年前、佑衣子さんがまだ幼稚園に通っていた頃。住んでいた十二階建てマンションの屋上に父親が時々彼女を連れていってくれた。そこは本当は最上階に住むオーナー一家の私的なスペースで、洗濯物などが干してある生活感のある屋上だったのだが父親はよく無断で出入りしていたらしい。

夕方だったのか、空が薄暗かったことを佑衣子さんは覚えているという。父親に手を引かれて階段をのぼってきた彼女は屋上を駆け回り、町の彼方にそびえる県境の山々のシルエットなどを眺めていた。高台にあるマンションなので遮るものもなくて眺めは格別だったようだ。地上では建物の隙間からしか見えない富士山もここからだと裾野まで広々と見える。

しばらく遊んだ佑衣子さんは屋上の出口付近に立っている父親のところへもどってきた。だが手をつないでから見上げるとそれは知らない男の人だったという。髪の長い背の高い若い男。びっくりして手を離した佑衣子さんは父親を呼んだが、返事もないし父親の姿も見当たらない。男の人は大家ではないし顔が蝋燭のような色で気味が悪かった。佑衣子さんは屋上から下りたかったが出口を塞ぐようにその人が立っているので近づけず怖くてしくしく泣いたという。

するとと男の人がしゃがみ込んで目線を低くすると「ちーちゃん、パパともっと遊んでよ」と話しかけてきた。ちーちゃんなんて知らないよ、と思っていたらパタパタと足音がして、佑衣子さんの後ろから小さな女の子が駆けてきてその男の人に飛びついた。女の子も蝋燭のような顔色をしていた。男の人は女の子を抱いて立ち上がり、ゆっくり屋上を歩き回った。その姿を眺めていたら気持ちが落ち着いてきて、泣きやんだ佑衣子さんは出口のドアを開けて階段を下りていった。屋上から出るとき男の人に抱かれた〈ちーちゃん〉が手を振ったので、佑衣子さんも振り返したそうだ。

それから時々佑衣子さんは一人で屋上に遊びに来るようになった。すると必ずあの男の人と〈ちーちゃん〉がいた。なぜか父親と来たときにはいないので、父親はまだ一度も〈ちーちゃん〉たちを見たことがなかった。佑衣子さんが彼らの話をしても「ふーん」という感じで興味なさげに聞いているだけだった。

そのうち父親は大家に屋上への無断侵入を注意されたらしく、佑衣子さんを屋上に連れていくことがなくなった。佑衣子さん一人でもしばらく行かなかったがある日〈ちーちゃん〉たちが佑衣子さんを迎えに来たという。玄関ではなくベランダから来たのが不思議だったが、おいでおいでをする〈ちーちゃん〉たちについていくと、なぜかベランダから屋上に来ることができた。

そこでしばらく遊んでいたら突然出口のドアが開き、そこから血相を変えた母親が飛び込んできた。「いたよ！　やっぱり屋上！」そう背後に叫んだ母親は佑衣子さんを抱きしめて「こんなところ一人で来たら駄目じゃない」と叱った。佑衣子さんは

〈ちーちゃん〉たちのほうを見たがいつのまにか二人は柵の外に立ってこちらを見ていた。相変わらず蝋燭のような顔で、他の人たちと違って全然表情がない。佑衣子さんが〈ちーちゃん〉たちを指さすと母親は顔色を変えて、無言で佑衣子さんを抱き上げて階段を駆け下りた。ちょうど階段の途中にいた父親に「この子おかしなこと言ってる、熱があるかも」と囁いたのを覚えているという。

〈ちーちゃん〉たちに会ったのはそれが最後だったが、小学校卒業まで住んでいたその部屋のベランダで佑衣子さんはたびたび何とも形容しがたいものを見ている。

粘土で人形をつくろうとして放置したような、できそこないの塊が隅のほうに転がっていたのだ。だがその塊はあるときとないときがあった。また、二つあるときと一つしかないときがあった。あれは何だろうと両親に話してもそんなものは見当たらないと言われる。どうやら佑衣子さんだけに見えているらしいその塊は、蝋燭のような白い色をしていたそうだ。

※

和也さんは島で生まれ育った。

高校生の頃、バイクで島内の友達の家から帰ってくる途中に妙なものを見たという。沿道の民家の屋上に大勢の人が集まっているようだった。バーベキューでもしているのかと思ったが、どうも様子がおかしい。

屋上の面積に対して人が多すぎるし、その人たちがみんな同じ方向を見ていた。いったい何を見ているのだろうと和也さんも同じ方角に目を向けた。すると建物のあまりない平地がひろがっていて、夕焼けに染まった空が見えるが、その空にぽつんと浮かんだ雲の形が変わっていた。

人間の立ち姿のような形で、しかも顔に当たる部分が横を向いているように見える。もっと雲をよく見ようと思った和也さんが、路肩にバイクを停めようとしたところタイヤがスリップし危うく転倒しかけた。

どうにか立て直してから空を見ると雲は形が崩れてしまったのか、人間の輪郭に見える雲は見当たらなくなっていた。沿道の民家の屋上もいつのまにか無人になっていたという。

このときの民家に住んでいる人とのちに和也さんは知り合いになった。

そこで〈人の形に見える雲〉と〈それを屋上から見ている大勢の人たち〉の話をしたところ、

「それはありえない」

と言われてしまった。

「おれがあの家買ったのは去年の夏だけど、それ以前はあそこ丸二年間空き家だったからね」

和也さんの目撃談はちょうど空き家の期間に当たっていたのだ。

どこか他の家と間違えたんでしょう、と言われたが和也さんにとっては頻繁に走っている道沿いの建物なので間違えようがなかった。

しかしながら話を総合するに、どうも屋上にいた人々はこの世のものだとは思えない。だから「絶対にあなたの家でしたよ」などと言うことはその人の住まいにケチをつけることになりそうで、

「ああ、じゃあたぶん他の家ですね」

そう話を合わせるしかなかったようだ。

# 海岸の家

夢の中で、海岸を訪れた。

誰もいないその海岸を瑛三さんはとぼとぼと歩いていた。

水平線近くに見える赤い太陽は、朝日なのか夕日なのか、そのどちらでもないのか。

どこまでも果てしなく続くと思われた海岸線の先に、一軒の家が現れたという。

瑛三さんはすっかり足が疲れていて、その家で休みたいと切実に思った。

ようやく家の前にたどり着くと、扉の隙間から異様な臭いが漏れてくる。

生ゴミと下水とエスニックな香辛料を大量にかけ合わせたようなひどい臭いで、鼻がねじり取れそうなほどの強烈さだ。

これはとても中には入れないな、とがっかりしてふたたび歩きだした。

だがしばらく海岸を歩くと、また遠くに一軒の家が見えてきた。

今度こそは休めるぞと思って近づくと、嫌な臭いもしない。安心して瑛三さんは扉を開けて、足を踏み入れた。

すると家の中には妻がいて、ソファに腰かけてくつろいでいるようだった。

何だお前来てたのか、と瑛三さんは声をかけて隣に座った。

妻は笑いながら「何の話?」と言った。

いや海岸をずっと歩いても誰もいないからさ、と瑛三さんは答える。

「でも他にも家があったでしょ?」

妻はそう言った。

いや、あそこはひどい臭いがして入れなかったよ、と瑛三さんは言う。

「見捨てたってわけね」

妻が言った。

えっ何を? どういう意味? と瑛三さんが訊ねたところ、

「あの家で、あたしが死んでたのに、あなたは見捨てた」

そうぽつりと声がして、気がつくと妻はいなくなっていた。

瑛三さんは妻の名を呼びながら家じゅうを捜し回ったという。

しだいに家の中は闇が深くなり、自分の手足さえも見えなくなっていった。

そんな夢を見た翌朝起きると隣で妻も目を覚ましていたので、

「今すごく不吉な夢を見ちゃったよ」

そう瑛三さんが話しかけると妻は「正夢かもね」と冗談めかして言い、寝室を出ていった。

それきり夢の話をすることはなく、

「今日は私が料理する日だよね」

と確認して妻は出勤し、瑛三さんも少し後で家を出た。

ところがその日遅く仕事から帰ると家に妻の姿がなかった。携帯に連絡がつかず知人や仕事関係も当たったが手がかりがなくて、心配で眠れないまま朝を迎えた。警察にも届けたが二日後に妻が捺印した離婚届が家に送られてきたという。

同封されていた便箋にはただ一言〈わたしをみすてたから〉と書かれていた。

妻に会えないまま四年経っているが、届は提出していない。

# 三行

看護師の莉々子さんは二十歳のときに父親が自殺したことがきっかけで大学を辞め、会社に勤めたのち看護学校に入り直して現在に至っている。

その父親だが、亡くなった直後から十数年経つ現在までしばしば莉々子さんに向けて〈メッセージ〉を送ってくるのだという。

彼は都内の某駅ホームから列車の前に飛び込んだのだが、その駅名と父親の下の名前、それに莉々子という文字が三行に渡って彼女の背中に赤い蚯蚓腫れになって浮かび上がるのである。

つきあっていた男に最初に言われて気づき、自傷というか自作自演を疑われたが字が浮かんでいるのは彼女自身の手が届くような場所ではなかった。何度か同じ現象が起きて気味悪がられてその男とは別れてしまった。

その後つきあった相手からもみな同様の指摘を受けたが、莉々子さんはもういちいち鏡に映して確かめることはなくなっていた。蚯蚓腫れの文字はいつも眠りから覚めた直後に発見され、数分で消えるので生活に支障はないという。

だが自分の恋愛がいつも長続きしないのはその蚯蚓腫れのせいだと莉々子さんは思っている。

「邪魔してるつもりなんでしょう父親が。だいたい死んだのだって私に対するあてつけというか、たぶん本人は一方的に被害者意識のカタマリになって死んでいったんですよ」

莉々子さんはこの父親に小学生の頃から何度も性的虐待を受けていた。

そのことを母親や祖父母に言いつけるよと莉々子さんが言うと、父親は脅してきたり自殺をほのめかしたり、実際にリストカットや精神安定剤を過剰摂取《オーバードーズ》してみせることもあったという。そしてとうとう実際に死んでしまったというわけだ。

「とにかく一切合切そういう気持ち悪い男なんですよ。最悪ですよね。もし生きてたらぶっ殺してやりたいところだけど死んでますからもう無理ですね」

そう言って感情のない声で笑った後に「あーでも殺したい」と莉々子さんは付け加えた。

# 事故死者の顔

都内の交通量の多い交差点で友紀恵さんはバイトをしたことがある。

いわゆる交通量調査の仕事で、家計が厳しい時期だったので当日払いの仕事を探していたら夫の仕事の取引先から紹介され一日だけ参加したのだ。

専用のカウンターを使って車を車種や方向別にカウントするのだが、とにかく排気ガスがひどい。途中の休憩時間にコンビニでマスクを買ってきたけれど、大型車も多いせいか交差点の空気の悪さは目に染みるほどだったそうだ。

昼過ぎに隣接する交差点で事故があった。距離があってくわしい状況はわからないがブレーキ音と衝撃、そして交差点の真ん中で動かなくなっている二台の車が把握できたという。

友紀恵さんのいる交差点もその事故の影響で渋滞が発生した。休憩からもどってきたバイトの子が「死んでたみたいですよ」と興奮気味に告げた。救助作業中にちょうど現場を通りかかり、踏まれた人形のような男性がひしゃげた軽自動車の横で路面に寝かされているのを見てしまったらしい。

「すごく不自然に目と口が開いてたんですよ、まるで驚いた顔を再現した人形みたいに」

それを聞いて友紀恵さんは亡くなった人の顔がまるで自分が見たかのようにありありと思い浮かんだ。

その日の夜まで続いたバイトの間じゅう、その顔が脳裏を去ることはなかったという。

後日別な用事でこの事故のあった交差点を友紀恵さんはバスで通過したことがあった。

車窓から見るとガードレールに寄せて花束が置かれているのがわかった。やっぱり人が亡くなったんだな、と思ったとき彼女の頭にあの日浮かんだ〈事故死者の顔〉がよみがえった。驚いたように目と口を大きく開いた死顔は異様に生々しくて、それが自分の頭がつくりだした架空の人間とはとても思えなかったという。

にわかに落ち込んだ気分になって、映像を頭から振り払おうとしていたときバスが停車し、停留所から人が乗り込んできた。

三十代くらいのサラリーマン風の男性が通路を挟んだ反対側の座席に座るのが見えた。

そんなはずはないと思って男性の顔を二度見してしまった。

だがその顔はたった今友紀恵さんの頭によみがえったばかりの〈事故死者の顔〉そのものだったのである。

しかも立ち上がって正面から覗き込んでしまった友紀恵さんに驚いて、目と口を大きく開いた顔は表情まで〈事故死者〉と同じものになっていた。

「幽霊……？」

思わずつぶやいてフリーズしていた友里恵さんは運転手の「発車しますから席に着いてください」の声で我に返り、自分の座席に腰かけた。

そこから睨みつけるように凝視する友紀恵さんから目をそらしつつ怯えているその

男性は、どう見ても生身の人間として実在していた。

だが理不尽なことだと思いつつ、どうしても彼が幽霊ではないことが納得いかなかった。

生身の人間だと思えないから、不躾に凝視してしまう。

その視線に耐えられないかのように男性は次のバス停で早々に降りていった。

その男性が幽霊だったのではという気持ちは、今でも五パーセントくらい残っているそうだ。

# 深夜バス

会社員の康広さんが利用しているバス路線には深夜バスがある。

深夜バスとは、通常の運行が終わった後に割高の料金で走らせるバスのことだ。康広さんは飲み会などで遅くなったときにこれを利用することがあった。

その日は決算期の残業で遅くなって何ヶ月ぶりかで深夜バスに乗り込んだという。

運賃表には普段の倍の数字が表示されている。ががらに空いた道をバスは進み、康広さんは寝不足の頭を何度もがくっと垂れては顔を上げ、今どこを走っているのかをたしかめた。

康広さんが降りるのは終点の車庫の二つ手前のバス停である。

何度目かに顔を上げたとき、窓の外をやけに明るい看板のようなものが通り過ぎていった。

何だろうと目で追ったがもう視界から消えてしまっている。

見える景色といえば遠くにぽつぽつと灯っている小さな明かりだけだった。

また瞼が重くなってきたとき、外をふたたび明るいものが通り過ぎていった。

今度ははっきりと見えたのだが、それは派手めの装飾のついたラブホテルの看板だった。

〈HOTEL　すぎばやし〉

そう文字が並んで光っていたという。

このあたりにラブホテルなんてあったかな、と首をかしげつつ窓の外に目を凝らす。

だが「このあたり」がどのあたりなのか特定できるようなものが何も見当たらなかった。

それにずいぶん長い間、停留所のアナウンスが流れていない気がする。

何となく不安になって見つめている窓の外を、みたび看板が通り過ぎていった。

〈HOTEL　すぎばやし〉

名前だけでなく、デザインもまるで同じものだった。

何だこれ？　同じ場所をぐるぐる回ってるのか？

そう思って車内に目を移すと、まだ何人か残っている乗客がみんな妙に姿勢正しく背筋を伸ばし、座ったまま「気をつけ」をしているように見えたという。

異様な空気に気づいて康広さんがあたふたしていると、

『お客さん』

車内のスピーカーからそのとき運転手の男の声が聞こえてきた。

『あんまりキョロキョロしないでもらえますかね、運転の邪魔になりますからぁ』

険のある声が車内に響いた。

まったく理不尽な要求なので、思わず言い返そうとして運転席のほうを見た康広さんは言葉を呑み込んだ。

運転手も乗客たちと同じように姿勢正しく背筋を伸ばし、座ったまま「気をつけ」をしている状態だったのである。

ハンドルを握っている人のいないバスは走り続けていた。

窓の外の暗闇を四たび、

〈ＨＯＴＥＬ　すぎばやし〉

の看板が通り過ぎていった。

康広さんは指先まで冷たくなったように感じて、どうしていいかわからないまま車内と車外に交互に視線を向けた。

もう何度目なのかわからない〈ＨＯＴＥＬ　すぎばやし〉を見送った直後、康広さんは自分の足もとの暗がりで何かがブルブルと震えているのを感じたという。

見れば昔のラジオのような長方形の黒い箱で、手に取ってみると表面はつるっとして光沢がありスイッチの類は見当たらない。だが携帯のバイブのような震えはいかにも機械じみていて、何度か回し見ているうちにさっきはなかったはずのボタンが見つかった。すがるような気持ちでそのボタンを押すと、目の奥で何かがちかちかと点滅したような気がしたという。

手にしていたはずの箱はいつのまにか消えていて、ふと周囲を見ると乗客に「気をつけ」をしている人は誰もいなくなっていた。

運転手もちゃんとハンドルを握っているのが見える。

それからはもう〈ＨＯＴＥＬ　すぎばやし〉の前をバスが通過することはなかった。

「ああいう出口のないループみたいなのに嵌ったときは、きっとどこかにそれを止めるスイッチとかボタンがあると思うんだよね。とにかく落ち着いてそれを探すのが何よりも大切なことだと思うな」

というのが康広さんの意見である。

ちなみに「ＨＯＴＥＬ　すぎばやし」というラブホテルは、彼の利用するバスの沿線に実在しないようだ。

# 制服たち

茜さんは中学校の修学旅行で行った某有名寺院の境内で、班行動中の仲間たちとはぐれたことがある。

焦って周囲を見回していたら、人混みから頭ひとつ飛び出したとても背の高い外国人らしい男性がこちらを見ているのに気づいた。

すると茜さんは男性が「ついてこい」と目で訴えているような気がしてなぜかふらふらと近づいていてしまったという。

男性は茜さんに背を向けて歩きだした。茜さんは置いていかれないように必死にその後を追った。

やがて人のいないひっそりとした場所に出たが男性は歩く速度を緩めない。公民館のような建物の裏へ回るのが見えたので、あわてて茜さんも裏へ回ったら男性の姿が消えていた。そこは荒れた庭のような所で伸びすぎた芝生の地面がひろがっていた。その芝生の上に、茜さんの中学の制服がさまざまなポーズを取るような形にいくつも並べられていたという。その数や男女比がちょうど茜さんのはぐれた班員たちと同じだった。

彼女はそれを見た途端にぞっとして、あわてて道を引き返した。とにかく今いた場所から遠ざかろうとでたらめに歩いているうちに踏切の前に出た。遮断機が下りていて、短い編成の列車が通り過ぎると遮断機が上がった。向こう側へ渡るとはぐれた班員たちの姿があったので茜さんは思わず大声を出して輪に飛び込んでいった。

「わっびっくりした！　今突然何もないところから茜ちゃんが出現したように見えたよ！」

そう班員に驚かれてしまった茜さんがハッとして後ろを振り返ると、そこには青々としたきれいな生垣が視界を遮って左右に広がっていた。

たった今渡ってきた踏切がどこにも見当たらなかったそうだ。

そこは茜さんが仲間たちとはぐれた場所から十数メートルしか離れていない場所

だった。

班員たちの話によれば、たしかに茜さんの姿が見当たらなくて捜していたがその時間はほんの五分ほどだという話だった。

そう聞いて思わず腕時計を確認したが、茜さんの時計だけが他の人たちより四十分以上進んでいた。

もうひとつ気になったのは、茜さん以外の班員の制服がみな妙に汚れていたことだ。揃って地面に寝転がったみたいに土の色をつけていたが、誰も思い当たるようなことはないと言っていた。

「それを見て、ああさっきの芝生に置かれてた制服の写真撮っておけばよかったって思ったんですよね。使い捨てカメラは持ち歩いてたから」

まあそのときはテンパっててそんな余裕なかったんですけど、と茜さんは語った。

# 先輩

仕事帰りに終夜営業のスーパーに寄って買い物していると、レジで精算している男の姿が目についた。

摩由美さんはそれが大学のゼミで世話になったD先輩だということに気づいたという。

買った物を袋に詰めて出口に向かう背中を、少し迷ったのちに摩由美さんは追いかけた。

「すみません、D先輩ですよね」

振り返った顔はたしかにD先輩で、驚いたように摩由美さんを見て口をあんぐりと開けている。

「ほんとひさしぶりです、今このへんに住んでるんですか？　私××通りのマンションなんですよ」

そう話しかけながら摩由美さんは「違う、これはD先輩じゃない」という自分の心の叫びを聞いていた。

全然別人だ、どうしてこの人をD先輩だと思ったんだろう？

そう思いつつ、勢いがついて止まらなくなったように話しかけ続けてしまう。

「ちょっと待って、よくわかんないんだけどDの後輩なの？」

その男性はようやく摩由美さんの話を遮ってそう言った。

もはやD先輩とは似ても似つかない、見知らぬ男性は少し震える声でこう続けた。

「おれ、今Dのお通夜から帰ってきたところなんだよ」

よく見れば男性は黒いスーツに黒いネクタイを締めている。

「知らなかった？　あいつ仕事のことでいろいろつらかったみたいでさ、おれもびっくりしてまだ心の整理できてないんだけど……」

摩由美さんは人違いのショックに訃報のショックが重なり頭がぼんやりしてしまい、ただその男性の顔を見つめていた。

もっとくわしい話を聞きたい気がしたが、お互い事態の不気味さに耐えきれなかったようでその場でお辞儀をして別れてしまったという。
翌日、大学時代の友人からＤ先輩が数日前に自殺したという話が伝えられた。

# 臍

堅也さんは高校で美術を担当していた教師と気が合って、卒業後も交流が続いていたという。

「おれは美術にはあまり興味ないけど、音楽の趣味が合う人だったんですよね。七十年代のロックとかが好きで。その先生の家に時々CD借りに行ったりしてたんですよ」

教師には奥さんと娘がいて家は郊外の一戸建て。いわゆる絵に描いたような幸せな一家のように見えていた。

「奥さんは大学の同級生だった人みたいで。やっぱりどこかの高校の先生だって言ってましたね、夫婦仲は良さそうでしたよ」

だがある時期から教師の家を訪ねても、本人以外の姿を見かけなくなったという。

なんとなく訊いてはいけないことのような気がして堅也さんはそのことには触れなかった。教師のほうからも何もコメントはなかったようだ。

「あきらかに単に留守なわけじゃないんだろうなって、家の中の荒れた感じを見るとわかったんですけどね。子供部屋が段ボールだらけになってたり。キッチンの流しにコンビニ袋に詰まったゴミが積み上げられてたり」

なんとなくそれで堅也さんも家に行きづらくなり、足が遠のいてしまった。


たぶん二年近く間が空いたのではないかという。

ある日ふと、部屋にあるＣＤがその教師に借りっぱなしのものだということに気づいたのだそうだ。

「黙って郵送しちゃおうかなとも思ったけど、それもあんまりなんで」

ひさしぶりに教師にメールを送ってみたところ数分後に返事が届いた。

「だけどその文面が妙にそっけなくて事務的だったんですよね。その先生、けっこう気取った感じの文体でかっこつけて書くタイプなんだけど、そのときは単に〈×月×日の午後四時頃お越し下さい〉みたいな返事だったんです」

ひっかかるものを感じつつ堅也さんは教師宅を訪れた。

ぱっと見た外観は以前来たときとあまり変わりがないように見えたという。だが庭に足を踏み入れると、枯れた植物の残骸のようなものが広がっていてこの家が以前にもまして荒廃していることを物語っていた。

インターフォンを鳴らしたが反応がなかった。堅也さんはこれ幸いと、ＣＤの入った袋を郵便受けに入れて帰ってしまおうかと思った。すると家の裏のほうから声が聞こえた。

しかたなく塀沿いをぐるっと回ってみると、隣家との隙間のような日陰の土地に教師が立っていた。

「どうもひさしぶりっす、どうしたんですかこんな所に突っ立って」

そう言いながらよく見れば彼の背後にも人がいるので、覗き込んだら奥さんと娘の姿だったという。

驚いて奥さんにも挨拶をしようとした堅也さんは言葉を飲み込んだ。

奥さんも娘も家の外壁の色によく似たキャメル色の膝丈ワンピースを着ている。そのお腹の部分がなぜか四角く切り抜かれていて、そこから臍《へそ》が覗いていたのだ。

それだけなら母子で妙なファッションセンスだなで済むところだが、なぜか二人とも臍から水が出ていたのだという。

噴水の小便小僧のようなきれいな弧《こ》を描いて、奥さんと娘の臍から水が飛び出していたのである。

「奥さんたち、臍から水が出てませんか?」

思わず堅也さんはそのままを口に出してしまった。

だが奥さんも娘も無反応で、まるで臍から水を出すことに意識を集中させているかのように虚空を見つめ、口を真一文字に結んでいる。

その臍から弧を描いて飛ぶ水は止まる様子もなく、足元の地面に小さな流れをつくり出していた。

教師と堅也さんの足元を流れた水はそのまま前庭のほうへ続いていた。

「こんな所で立ち話もなんだから中に入ろう」

妻子がそんな状態であることに無関心なのか、教師はそう言って堅也さんを玄関のほうへ回るように促した。

「あの、いったい奥さんたちどうしちゃったんすか？」

悪臭を放つゴミ袋がまわりを囲んでいるリビングで、ようやく堅也さんは教師を問い詰めた。

だが教師はさっぱりした表情で、

「いや、妻とはもう離婚が成立したんだ。娘は妻と一緒に住んでる。面会日以外は娘に会えなくて寂しいけれど、こんな生活にももうだいぶ慣れてしまったよ」

そう語って堅也さんに「まあ一杯やろうじゃないか」と缶がでこぼこに変形した発泡酒を勧めてきた。

まったく話が通じていないことを感じたものの、とにかくたった今見たものについて納得できる説明が欲しくて、堅也さんは食い下がった。

「家の裏にいたのは奥さんと娘さんですよね？　しかもお臍から水出てましたよね？　あれどういうことなんですか、何か病気なんですか？　真面目に訊いてるんだからちゃんと答えて下さいよ！」

そう言って握りしめた発泡酒を思わずテーブルにたたきつけると、でこぼこの缶に穴があいてそこから中身が四方に勢いよく噴き出してきた。

「ああ、ああ、もったいないじゃないか」

そう言いながら教師はテーブルや床にこぼれた酒に直接顔を近づけると、ぴちゃぴちゃと音を立てて舐め始めた。

呆然とその姿を見下ろした堅也さんは、やがて教師をリビングに残して玄関に向かった。

外へ出ると、家の裏から前庭への流れはいっそう太く力強いものになっているように思えた。

それが教師の妻と娘が臍から出し続けている水だと思うと、堅也さんは何とも複雑な感情に囚われた。

現在この家で何が起きているのか、自分には判断する力がない。

だがこのままにしておくわけにはいかないだろう。臍から水が出続けるなんて、まともなことじゃない。放っておいたら死んでしまうかもしれないじゃないか。そう思って水の流れを遡って堅也さんは家の角を曲がった。

ところがそこには教師の奥さんと娘の姿はなかったという。

隣家との隙間のような空間には二つの〈穴〉が浮かんでいた。

空間に直接、小さな穴が二つ並んで浮かんでいて、それぞれから見事な弧を描いて水がほとばしり出ているのだ。

堅也さんはしばらくそれを見つめていたが、しだいに顔が赤面してくるのを感じて目をそらした。

「なんか奥さんと娘の恥ずかしいことを覗いてるような、そんな変な気分に突然なったんですよ。もう臍ですらなくて、ただの虚空にあいた穴を見てるだけなのに」

いたたまれない気持ちになった彼は、地面の水の流れに追われるようにして足早にそこから立ち去ると、荒れ果てた前庭を駆け抜けて外に出た。

ほんの数十分の滞在の間に、敷地内の荒廃はいっそう進んだように彼には思えた。

家の前の道路のアスファルトも、心なしか傷みひび割れてしまっているように感じられたという。

帰宅した堅也さんは、返しにいったはずのCDを持ち帰ってしまったことに気づいた。

「高校の名簿に先生の住所は載ってるから、今度こそ黙って郵送することにしたんですけど」

後日教師宅宛てに送った封筒は、宛先人不明でもどってきてしまったそうだ。

# キヨミ

ベテランイラストレーターの浩志さんは二十代後半から三十代にかけての数年間、ずいぶん荒れた生活をしていた時期があったという。ことに酒と女性関係をめぐってはそれまで親しかった人たちと年齢性別公私問わず、おおむね絶交状態になるほどのことをやらかしたらしい。本人いわく「前科がついていないことが奇跡」の行状の末に、信用と人間関係を失って仕事も干され、自身も精神的にどん底の状態になった。

以後は知人たちの目を避けるように東京を出て全国各地を転々として暮らし、日本海側のある漁港に近い町に流れ着いた。そこで初めのうちは真面目に肉体労働をしていたが、やがて飲み屋の女性と親しくなった。そして本人によれば「悪い癖が出た」とのことでその女性のマンションに転がり込み、働かずヒモ同然の暮らしをするようになった。

居候するようになっても女性のくわしい素性は知らないままだったという。キヨミという名前以外は年齢も前歴も知らないし、こちらから訊ねることもなかった。また浩志さんの身の上も相手にはほとんど話していない。にもかかわらずキヨミは妙に勘が鋭くて、ある飲食店に置かれていた古い雑誌にたまたま載っていたイラストを見て、浩志さんの作だといきなり言い当てたことがあった。そもそも自分が絵を描くという話さえした覚えのなかった浩志さんは非常に驚いたが、キヨミは「なんとなくそんな気がしただけ」と興味なさげに言うだけだった。

それ以外にもキヨミは遠くからサイレンの音が聞こえただけでどこが火事なのか当てたり、飲み屋の常連客の老人が妻への傷害事件で逮捕されるのを前日に言い当てたこともあった。浩志さんは水商売などやめてそっちの才能を伸ばせばギャンブルで稼げるし、占い師になってもすごい評判になるだろうとキヨミをけしかけた。だが彼女はまるで乗り気ではなく、「たまたま当たっただけ」「そんな気がしただけ」とくり返すのみで実際浩志さんが面白半分に当たり馬券の予想を頼んでも、困ったように首を横に振るばかりだった。

居候をはじめてから二か月ほど経った頃、夜遅く仕事から帰ってきたキヨミが珍しく泥酔していた。わけのわからないことを喚いたり、暴れて玄関先で吐いたりと、酷い酔い方だった。大騒ぎののち死んだように眠っているキヨミを寝床へ運んで着替えさせ、床を掃除したりと浩志さんはいちおうヒモらしく働いたのち一服していた。すると突然がばっと半身を起こしたキヨミがすごい形相で「浩志くん、あんたもうすぐ死んでしまうよ」とつぶやくとぽろぽろと涙をこぼした。

これには浩志さんも青くなった。今までさんざんいろんなことを〈予言〉しているのを見ているだけに、酔っ払いの戯言では到底片付けられなかったのだ。もうすぐっていつだ？　どうして死ぬんだ？　と詰め寄ったがキヨミは泣くだけで埒があかない。呆然としている浩志さんを下からじっと睨みつけて「浩志くんを死ぬほどうらんでる人がさっき死んだ！　手も顔もお腹もちぎれてあんなに小さいよ！　怖い！」そう叫ぶとそのまま気絶するように寝入ってしまい、翌日の昼過ぎまで昏々と眠り続けたという。

浩志さんは何度かうとうとしただけで一晩中眠れずに過ごした。そのうとうとしたとき目の前に真っ赤な色がひろがって、そこに赤い泡が浮かぶとともに声が聞こえたような気がした。それはキヨミの声にも、全然別な声のようにも思えたそうだ。何度目かに声がしたとき「しらんふりをするんだねえ」と聞き取れた。続けて部屋の隅でがりがりと引っ掻くような音がしたので、ハッとして見にいくと壁に新しい傷が数本爪痕のように並んでいた。傷には血のような赤い色が少し混じっていた。

目が覚めたキヨミはゆうべのことを何も覚えていなかった。自分が言ったことにも何も心当たりがないようだった。ただ壁の傷を見つけるとぽつりと「これは浩志くんの知ってる人?」とつぶやいた。浩志さんが何も答えずにいると「夢の中で浩志くんをいろんな人が訪ねてきた、首がない人や背中から骨が見えてる人もいた」と語り出し、その人たちと浩志さんが「一緒にお布団に入って仲良くしてる」のを自分はただ指をくわえて見ているだけだったと寂しそうに言った。

浩志さんは背中がさーっと粟立つのを感じながら「そんなのただの夢だろ」と強がったが、昨日のキヨミの様子を思い出すと気持ちが暗く沈んでしまう。そこで以前世話になり東京にいる知人の中で唯一今も彼を見捨てずにいてくれている、Jさんという女性に連絡を取ることにしたという。その晩キヨミが出勤してから電話してみると、Jさんは電話に出るなりすぐ「虫の知らせでもあったの？」と言った。その口調がひどく冷たく感じられたので恐る恐る「何かあったんですか？」と訊ねると「××さんが亡くなったわよ」という言葉が返ってきた。

それは浩志さんが以前関わりのあった女性の一人で、昨日自宅最寄りの駅でホームから飛び込み自殺したのだという。遺書に浩志さんの名前があったことをJさんは咎めるような口調で付け加えた。「あなたがそこまで酷いことをしてたとは知らなかった。あたしもあの子も人を見る目がなかったんだね」。浩志さんは気が遠くなるのを感じて一瞬、目の前に真っ赤な色が広がるのが見えた。そこにゆうべのように赤い泡が浮かび、何か聞き取れない言葉が電話のむこうの声と重なって聞こえる。「もしもし？じゃあそういうことだからもう切るわよ」

電話の後、部屋の中が薄暗く感じられた。天井の明かりはいつもと変わらないのにその光が広がらない。壁に主のわからない影ができてかさこそと動いているような気がする。浩志さんは気晴らしに飲みに出ようと玄関で靴を履いた。するとドアが音もなく開いて、そこに女が立っていた。だがキヨミではないし自殺した女でもない、知らない女だ。まるで紙でも見ているように存在感が薄いその女を払いのけるように浩志さんは外に出た。

なじみの店を何軒か飲み歩いて、ふらつく足で立ち寄った店のカウンターで浩志さんはママから「あら、もどってきたの？」と言われた。思わず見回したが初めて来た知らない店だった。だがママは浩志さんが少し前に女と店を訪れて飲んだ後「これからぼくたち心中するところなんですよ」と笑顔で出ていったのだと言った。

「悪い冗談だとは思ったけど心配だったから無事でよかったわ」

そう苦笑しているママに、顔から血の気が引いていった浩志さんが「ぼくはどんな女と来てたんです?」と訊ねると、ママは怪訝な顔をしながら「きれいな方だったじゃない、ちょっと具合の悪そうなご様子だったけど」と言葉を濁した。

マンションに帰り着いたのが何時頃だったのか覚えていない。先に仕事からもどっていたキヨミは浩志さんをひと目見るなり「お友達は帰ったの?」と言った。エレベーターを降りてから通路を歩いてくる二つの足音と浩志さんの楽しそうな声、女の人の笑い声が聞こえていたというのだ。黙っていると「待たせてるのね」とため息をついて背中を向け「やっぱり死んでしまうんだね浩志くんは」とつぶやいた。

それを聞いて急に酔いが醒めたようになった浩志さんは、もともと少ない荷物のうち一部だけ無造作にバッグに詰め込むと玄関に向かった。ドアを開けると外には昼間も見たはずの紙のように存在感の薄い女が立っていた。知らない女だが、よく知っている女のような気がしてならなかった。ずっとこの女をここに待たせていたのだ、と浩志さんは思った。そして背後に貼りつくように女がついてくるのを感じながら、エレベーターの前に立った。ドアが開いたとき、急に怖くなって浩志さんは非常階段に駆け込んだ。そして地上まで転がるように駆け下りると、ちょうどマンション前を通りかかったタクシーを停めて乗り込んだのだ。

約一年ぶりに東京にもどった浩志さんは、それから半年ほど後にようやく自殺した女性の墓の場所を知ることができたという。墓前に手を合わせて心の中でかつての人でなしのような所業を詫び、女性の冥福を祈った。だが彼は墓地からの帰路に歩道に飛び込んできた車に轢かれ、右手がちぎれかかるほどの重傷を負った。車はそのまま逃走して、目撃者はいたが、目撃者にも浩志さんにもその車は窓もナンバープレートもないただの真っ赤な鉄の塊《かたまり》にしか見えなかったそうだ。

数度の手術と過酷なリハビリを経て浩志さんの右手は奇跡的にペンを握れるまで回復し、その後イラストレーターとしての仕事に復帰した。現在の浩志さんの絵の独特な癖のある描線は若いときにはなかった特徴で、この怪我の後遺症によるものだと本人は語っている。

今も納期が迫って徹夜仕事をするときなど浩志さんはふと意識が飛んで、目の前に赤い色とそこに浮かぶ赤い泡が現れることがある。そのとき聞こえてくる声はキヨミに似ているが、なぜか聞き取ってはいけない言葉だと感じてあわてて目を覚ますのだという。一度だけ聞き取れてしまった言葉は「はんぶんになるねえ」だった。翌日浩志さんは歩行中におそらくバイクが撥ねたと思われる小石を左目に受けて負傷、治療の結果失明は免れたものの、大幅な視力低下という後遺症を負った。

キヨミとはマンションを出ていった晩以来会っていないし、ほとんど思い出すこともない。キヨミが自分のことを思い出すことがあるとも思えないと浩志さんは言う。
「だからあれはキヨミの声であってキヨミの声でないもの、その声を真似ているものじゃないかなと思うんだよね。自死してしまった彼女とも直接関係ないような気がしてるんだ。何かもっと根深い、自分じゃ思い出せないような古いものが関わってて、それから自分は絶対に逃れられず死ぬまでこれは続くんじゃないかって。声に耳を澄ませて言葉を聞き続けていれば、もしかしたらその辺りの謎が解ける日がくるかもしれない。でもそのたびに代償を体で払っていくことになるんじゃないのかな」

残りの目もやられたら絵の仕事ができなくなってしまうしね、浩志さんはそう口元だけで笑った。

# 水

全国規模の知名度はないが、地元ではそれなりに心霊スポットとして知られている某霊園に素子さんは友達のN子とやって来た。

N子は動画サイトで心霊映像を見るのが好きで、素子さんはよく携帯で動画を見せられては「ほらここにやばいの映ってるから！」と騒ぐN子に「ほんとにやばいよねー」と適当に相槌を打っていたが、どれも実際のところ気のせいでしょくらいに内心思っていた。

だからその日もつきあいでN子の車に同乗しただけだが、

「ここは絶対にやばい動画が撮れるらしいって聞いてる」

と意気込んでいたはずのN子は、現地に着いたらスマホの調子が悪いと言い出した。

「ほら見て！　すぐ落ちちゃう。また再起動だよ……」

これじゃ動画撮れないよと意気消沈しているN子に、

「じゃあ私の貸してあげるからこれで撮りなよ」

そうしかたなく素子さんは自分のスマホを差し出した。

「ごめんねありがとう、もしやばい動画撮れたら、あたしが責任もってスマホお祓いしてもらうから」

そう言ってN子は霊園内のあちこちで動画撮影をし始めた。どうやら「ここでなら確実に映り込む」と噂されている場所があるらしく、そこでは念入りに撮影していたようだが晴天の昼間だし、素子さんにはただの「少し古そうな墓石のあるエリア」でしかなかったという。


車にもどって動画をチェックしてみたが、とくに何もおかしなものは映っていなかったようでN子は落胆していた。

「でもこれで素子のスマホが呪われなくて済んだし、逆によかったかも」

そんなポジティブな頭の切り替えを行って、N子は車を発進させた。

帰りに立ち寄ったショッピングモールのカフェで、スマホの不具合がいつのまにか直っているのを確認したN子は興奮気味に言った。

「呪いだよ！　撮るなよっていう霊の呪いだったんだよ！」

そこへ店員がお冷を運んできた。

「あ、二人ですけど」

テーブルに三つ置かれたコップを見て素子さんがそう言うと、店員は少し目を泳がせながら「失礼しました」と言って一つをお盆にもどした。

そのときN子は大きく見開いた目で素子さんに何かを訴えてきた。

「……うわあ、本当にこんなのあるんだね……。心霊スポットに行った後で水が一つ多く運ばれてくるやつ……」

店員が去った後で身を震わせるようにしながらN子がつぶやいた。

やっぱりあそこは本物だよ、あそこから誰か連れてきちゃったんだよここに。そう言いながらN子は自分の隣の椅子を恐々と指さしていた。

なんとなくN子には言いそびれたそうだが、素子さんは一つ余計にコップが置かれた瞬間、まるで狙ったようにそのコップの水に小さな羽虫が飛び込むのを見た。

そして店員がコップを盆にもどしたとき、何事もなかったように羽虫は水から飛び立っていったそうである。

以上が素子さんの語ってくれた四年前の某霊園探訪の顛末である。これだけならよくある（こう言っては失礼だが）凡庸な体験談であり、よくある体験ゆえのリアリティがあると言えばあるが、友人間で披露しあう怪談以上のものにはならないだろう。

実は素子さんにはもうひとつ語ってもらった体験談がある。それは前述した霊園探訪の件とはまったく別件の話として語られたものだが、筆者の判断では何かしら繋がりというか、通じるものが見出せそうな気もしているのでここに続けて記しておく。

素子さんの母方は長命の家系らしい。

祖父は今九十六歳で毎朝の散歩を欠かさないほど元気だし、祖父の姉という人に素子さんは会ったことはないが、百歳を超えて存命だという話を聞いている。曾祖父も九十九歳まで生きた。

その曾祖父が亡くなる一年くらい前からおかしなことを言い出して、周囲の人を困らせたことがあったらしい。

家の中に知らない男がいるがあれは誰なのか？　としきりに口にするようになったのだ。

それまで足腰は弱っても頭ははっきりしていた曾祖父だが、その指さす方向を見ても見知らぬ男どころか、家の人もおらずただ壁があるだけだった。

だから家族は心配して医者に相談もしていたそうだが、ある日いつものように部屋の隅に目を向けて「あれは誰だい？」と言い出した曾祖父が急にはっとした表情になってこう言い直した。

「ああ、違った。あれは人じゃない。鬼だな」

そしてあわてたように口元を押さえて咳ばらいをし、小声で家族に「水を持ってきてくれないか」と言ったそうだ。

そして折りたたみ式の卓袱台《ちゃぶだい》を縁側に出させ、水の入ったコップをそこに置いた。

何事が始まるのかとみんなが見守る中、卓袱台の前に座った曾祖父はしばらく黙って腕組みしていたが、やがて手を伸ばすとそのコップを手に取った。

「よしよし、うつっとるうつっとる」

覗き込んで満足げにそううなずくと、それからゆっくりとコップの中身を全部飲み干したそうだ。

一体なんのおまじないなの？　と訊かれても曾祖父は「鬼に出した水をもらっただけだよ」と言うだけでくわしく語ろうとしなかった。

この日以後、曾祖父は毎日縁側に出した卓袱台にコップを置き、その水を飲み干すことをくりかえしたという。

その妙な習慣がはじまってから「家の中に知らない男がいる」という話を一切しなくなったので、家族も理由は聞かないまま曾祖父につき合っていたようだ。

ある日いつものように卓袱台から手に取ったコップを見つめていた曾祖父は、

「こりゃどうしたことか、一匹多いな」

そんなことを言って首をかしげてから、水をいつもにも増してゆっくりと飲み干した。そしてしばらく縁側の日なたで庭を眺めていたようだが、家族の見ていないうちに縁側から姿を消していた。

どこへ行ったのかと捜したら庭の松の木の陰に裸足で倒れているのが発見され、すでに息のない状態だったそうである。

曾祖父の足腰ではそこまで一人で歩くのも難しかったはずだが、なぜか松の根元には縁側にあったはずの卓袱台まで据えられていた。

後で数えてみると曾祖父がコップの水を飲む習慣を始めてから、その日がちょうど百日目だったとのことだ。

この不可解な最期を曾祖父本人が予期していたかは知る由もないが、素子さんの母親たちは「じいちゃんは鬼に死に水を取られた」と語り合っていたそうである。

# ガタガタ

瑠美子さんは昔占い師に見てもらったところ、

「四十歳から人生がガタガタになって取り返しのつかないことになる恐れがある。早くから心の準備をしておくように」

と言われたことがあるという。

そのことはすっかり忘れていたのだが、つい最近思い出したのは、実際に四十歳になって十日目に交際中の七歳下の会社社長が交通事故に巻き込まれて入院したからだ。

怪我じたいはそれほど深刻なものではなかったが、見舞いに駆けつけた病室で瑠美子さんは予想もしなかったものを目にした。

男のベッドに寄り添って甲斐甲斐しく面倒を見る若い女がいたのだ。妹さんかなと思って挨拶をすると、それまで眠っていたらしい男が目を覚まして瑠美子さんに気づいて、さっと青ざめるのがわかったという。

その表情の変化で、寄り添う女が彼の〈恋人〉であることが瑠美子さんには一瞬で理解できてしまった。

病室で修羅場を演じたくないと思った瑠美子さんは黙ってその場を去り、結局その後彼とは別れることになった。二股をかけられてプライドが傷ついたのみならず、若い彼女のほうに男が「あのババア社長夫人になるつもりなんだよ、笑わせるでしょ」などと語っていたことが漏れ伝わってきたので、もう無理だと思ったのだ。

そんなことがあってからほんのひと月ほど後に、瑠美子さん自身も事故に遭った。歩道を歩いていたとき、背後からよそ見運転のトラックにぶつけられて両脚骨折の重傷を負ったのである。

入院二日目に深夜誰かが枕元に立って「もう一生ここから出られなくなるよ」とささやくのを彼女は聞いた。顔を向けようとしたが金縛りにあって動けず、もがいているると足音が遠ざかって病室の引き戸を開けて出ていくのがわかったという。

その〈予言〉が的中したかのように、三日後に瑠美子さんは病院の三階の窓から転落して両脚を再骨折したうえに肋骨と肩の骨まで折った。

周囲からは自殺未遂を疑われたが、瑠美子さんは強く否定して「外を眺めていたら急に眩暈がして、体がふわっと浮いたと思ったら地面に叩きつけられてた」と主張したという。

実はこのとき治療のため入院着を脱がされた彼女の背中には油性ペンで書かれたと思しき〈落書き〉が見つかっている。

本人にはどう見ても手の届かない位置に、

社長夫人

と縦書きのきれいな文字で書かれていたのだ。

このことから誰か悪意のある人間が瑠美子さんを窓から突き落としたのではという疑いも生じたのだが、周囲には複数の見舞客と入院患者がいて、かれらの目撃証言から否定されている。まわりにいた人たちの目には瑠美子さんが本当に一人で「ふわっと浮いた」ように見えたのである。

以上の話を、この不可解な転落事故の後はるばる九州から駆けつけた妹は瑠美子さんから直接聞かされたそうだ。

互いにただ一人の身寄りであるこの姉妹はあまり気が合わず、三年ほどまったく連絡も取りあっていなかったらしい。入院時にも妹は何も知らされなかったのだが、今回呼び出されたのには理由があった。

「あの占い師を見つけ出してほしいのよ」

ベッドから身動きの取れない状態の瑠美子さんは、青痣や傷の残る痛々しい顔で妹を睨みつけるようにしてそう懇願した。

つまり「四十歳から人生がガタガタに」という予言を的中させつつある占い師のことだ。

「たぶん私をもう一度まともに陽の下を歩ける人生にもどす方法を知ってるのは、あの占い師だけだと思う」

瑠美子さんはそう断言した。

たしかに妹も、まだ両親が健在だった頃の実家で、姉から冗談半分の口調でその占い師のことを聞いたことがあった。東京の大学に進学していた姉が、帰省時に「最近こんな馬鹿々々しい占いを聞かされた」というような調子で語っていたのだ。

だが瑠美子さんはどこで何という占い師に見てもらったのか、それがさっぱり思い出せないというのである。

「それじゃ捜しようがないじゃない」

妹が困惑して言うと、

「ヒントはあるから」

そう言って瑠美子さんは一枚の紙を見せたのだが、そこには手書きの地図のようなものと、細かい字でびっしりと添えられた文章が書き込まれていた。それらは瑠美子さんが入院中に見た夢に関わるものであり、その夢にはくだんの占い師らしき人物が登場したり、占い師の居場所を暗示するものがたびたび現れたという話だった。

「だからここに書かれていることをもとに少しずつ捜す範囲を狭めていけば、最終的に占い師にたどり着けるはずだから」

瑠美子さんはそう自信満々に主張した。

妹は呆れつつ、仕事もあるのだからこっちに滞在できる時間は限られていて、自由

になるのは丸一日もないのだと告げた。すると瑠美子さんは急に不機嫌になり、

「だったらぼんやりしてないで早く動いて！　さっさと見つけてきなさいよ！」

そう言って妹を病室から追い出してしまった。


まったく理不尽としか言いようがない要求に腹を立てた妹だったが、昔から姉に対しては面と向かって口答えすることができなかった。

適当に捜したふりをして時間を潰そうと思い、病院近くのカフェに入ってさっき渡された紙を開いてみた。

すると地図の部分に気になる表記を見つけた。真ん中に描かれた長方形に〈病院〉とあるのは姉が入院している病院のことだろう。その近くに〈夢で見た公園〉と書いた正方形が記されていて、そこから矢印が引かれ〈死んだらみんなおなじところにいってぐるぐる回る〉と書いてある。

意味は不明だが病院との位置関係的に、その公園が今カフェの窓から見えている緑の多い場所のことに思えたという。

来てみるとそこは街なかにしては広めの普通の公園で、子供を連れたお母さんたちの姿が見受けられた。

子供たちが遊んでいる様子を眺めながら妹がベンチに座っていると、近くの地面の鳩たちが急に一斉に飛び立っていった。

それからお母さんたちがあわてたように子供たちに駆け寄り、抱きかかえてそそくさと公園を出ていってしまった。

どうしたんだろうと周囲を見ると、敷地の真ん中あたりにあるイチョウの木の陰に奇妙なものが立っていたという。

最初は人間かと思ったがそうではなく、二メートル近くある円錐形の黒い物体でテレビで見たことのある外国の蟻塚に似ていた。だがついさっきまでそんなものはなかったはずだ。

おそるおそる近づくと、蟻塚に似たそれがつーっと滑るように動いて彼女から離れた。

やはり人間が入っているんだろうか？　そう思って一歩近づくとそれがまたつーっと少しだけ離れる。近づくとまた離れる、をくり返して行き止まりになっている場所まで来た。

妹は思いきって手をのばしてそれに触れてみたところ、石のように硬いが人肌の温かさがあったという。

そう感じた途端彼女は全身に悪寒をおぼえ、どうしてこんな気味の悪いものに触ってしまったんだろうと吐き気に似た後悔を感じながら公園を飛び出した。


さっきまでいたカフェの前を通りかかると、自分が座っていた窓際の席に僧衣をまとったお坊さんらしき人が座っていた。

その姿がとても頼れる尊いものに見えたので、妹が救いを求めるようにガラス越しに近づいていくと、お坊さんはゆっくりとこちらに顔を向けた。

だがその顔は豆腐のようにつるっとして真ん中に直径十センチくらいの穴があいており、そこから血の色をした空洞が見えているだけだった。

気がつくと彼女はさっきの公園のベンチの上で虚空に目をやって放心していたという。

蟻塚に似たものはすでに見当たらなかったが、母子連れたちはもどってきておらず、がらんとした園内では秋の始まりらしいわずかな蝉の声だけが聞こえていた。

結局妹はそのまま病院にはもどらず、姉の瑠美子さんには何も連絡しないまま九州の家へと帰ってしまった。

なぜか姉からはその後抗議の電話一本かかってくることなく不気味な沈黙が続いている。

だが亡くなったり重篤な状態にでもなればさすがに唯一の身寄りに連絡はあるはずだから、とりあえず健在ではあるのだろう。

……そのような話を当初は概要のみ人づてに聞いたのがおそらく三年ほど前のことだった。

話の詳細や瑠美子さんと妹のその後の消息を知りたくて仲介者の某氏に連絡を取ったところ、九州に現在も在住されている妹さんからここに記したような姉妹の会話のやりとりなどの細部と、姉の瑠美子さんが今もご健在だという事実を確認することができた。

ただ瑠美子さんがその後病院を無事退院できたのか、現在どのように生活されているか等については、

「姉は今も相変わらず四十歳のままです」

という謎めいたひと言以上のコメントを拒否されている。

どなたか、この言葉の意味が分かる方はいらっしゃるだろうか？

# あとがき

本文からこぼれた話をひとつ。ある人がスマホでペットの猫の写真を撮ったそうです。でも写真の猫は実物となんだか違うように見える。どこが違うんだろうと見較べたら、毛の模様が違ってたんですね。具体的には鏡に映したみたいに左右が反転してる。でも画像には何も加工してないし、背景の部屋の景色はべつに反転してないんです。猫の模様だけがひっくり返っている。だから本物のその猫を知らなければまるで違和感のない写真なんです。写真だけを見たら単にかわいい猫が写ってるねとしか思えない。

でも考えたら写真にはどれもそういうところがあるんですよね。つまり、ありきたりな街角のスナップでも現実の場所を知らなければ、そこに写る建物が実在するのかわからない。その意味で写真はみんな幽霊的であり、潜在的にすべてが心霊写真的なものだとも言える。私が写真の上に見たのは現実なのか？　という点が宙に吊られているわけです。

怪談が語る怪異とは、たとえばあきらかに異常な事態（巨大な建物が空に浮かんでいるとか）の写った写真より「猫の模様が反転している写真」に近いもののような気がします。

この場合の「本物の猫」と「写真の猫」の間を言葉で埋めていくのが怪談なのではないか。写真を撮ってしまった人の違和感、俄かには他人と共有できないその感覚に注目して言葉を費やすのが怪談だと言ってしまっても、そんなに的外れではないように思えます。

こうした違和感に目をつぶり、なかったことにして通り過ぎることで世の中は成り立っているところがあります。たとえば病院でレントゲン写真が左右反転したら大問題ですが、猫の模様が反転してもべつに実害はない。だからまあ、すみやかに忘れて生活や仕事にもどりましょうという程度には我々は日々多忙なようです。あえてそのような「置き忘れられた違和感」にこだわって、しばしとどまる場所をつくる意味はあるのか。筆者にその答えは用意できませんが、本書はその問いを様々な形で集めたものだとも言えそうです。

巷の気味の悪い話、怪しい話、恐ろしい話、答えのない問いだけがぽつんと投げ出されたようなエピソードがいい感じに溜まってきましたら、ぜひまたお会いいたしましょう。

二〇一九年五月　　我妻俊樹

# 忌印恐怖譚　みみざんげ

2019年6月5日　初版第1刷発行

著者　我妻俊樹
企画・編集　中西如(Studio DARA)
発行人　後藤明信
発行所　株式会社 竹書房
〒102-0072 東京都千代田区飯田橋2-7-3
電話03(3264)1576(代表)
電話03(3234)6208(編集)
http://www.takeshobo.co.jp
印刷所　中央精版印刷株式会社

定価はカバーに表示しています。
落丁・乱丁本の場合は竹書房までお問い合わせください。

ISBN978-4-8019-1879-5 C0193